六书坊
Six Arts Library Series

作家在左 编辑在右

刘益善 著

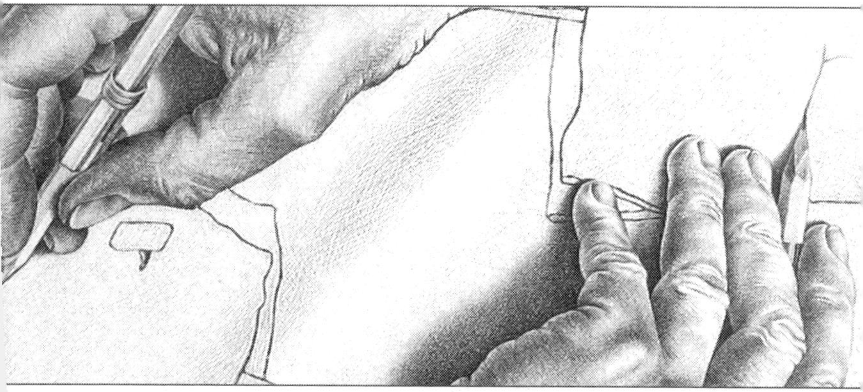

图书在版编目(CIP)数据

作家在左,编辑在右/刘益善著.—武汉:武汉大学出版社,2015
六书坊
ISBN 978-7-307-14366-1

Ⅰ.作…　Ⅱ.刘…　Ⅲ.随笔—作品集—中国—当代　Ⅳ.I267

中国版本图书馆 CIP 数据核字(2014)第 213184 号

责任编辑:张福臣　　责任校对:汪欣怡　　版式设计:韩闻锦

出版发行:**武汉大学出版社**　(430072　武昌　珞珈山)
(电子邮件:cbs22@whu.edu.cn 网址:www.wdp.com.cn)
印刷:湖北知音印务有限公司
开本:880×1230　1/32　印张:7.125　字数:127 千字
版次:2015 年 1 月第 1 版　　2015 年 1 月第 1 次印刷
ISBN 978-7-307-14366-1　　定价:18.00 元

六书坊
Six Arts Library Series

目　录

CONTENTS

第一辑　作家的那些事

第二辑　文学的日子

附　录

第一辑 作家的那些事

>>>

作者和徐迟合影

徐迟的贺诗

1979年元月，我与大学低我一级的同学刘惠芳结婚。当时，我已在《长江文艺》月刊当了6年编辑。机关里的同事们和省内文艺界的朋友，知道这一消息后，纷纷祝贺，并且各送了一份礼物。有的送对枕巾，有的送床被单，机关的同事们是每人凑5角钱的份子，给我们买了铁锅、铝水壶和炉子。那时的人际关系充满了革命感情。我从农村出来，工资又低，同志们和朋友们对我十分爱护，这份友情我终身不忘。

我们机关在武昌紫阳路215号，院子很小，徐迟先生从五七干校回汉后，一家人住在两间10来平方米的房子里，做饭在楼梯拐角露天处。我一个人住在二楼的一个6平方米的水管房。徐迟先生常常踏着木楼梯，笃笃地上楼，到我的小屋来聊天。我是个小编辑，他是个大作家，我们一老一少却聊得十分投机。他辅导我写诗，给我开了一个读书的书目，还手抄了毛泽东主席关于文艺的许多论述给我，这些手迹原稿有的我还保存着。

徐迟先生也知道我要结婚的消息，那天晚上，他到我的小房间里来，送来他亲自为我与未婚妻刘惠芳所写的贺诗。徐迟先生平时很少写毛笔字，这次他是用毛笔把诗写在一张两尺余长一尺余宽的宣纸上。他的毛笔字与钢笔字很相像，流畅清逸俊秀，笔画瘦而有筋，是一幅诗与书法都极佳的作品。

书赠刘益善刘惠芳同志

祝贺你们开始了，
共同的幸福生命，
这新的历史时期，
开启了远大前程。

爱情越久越可贵，
要有互让的精神，
还要付出很大智慧，
以培育将来的人。

不要为了家庭的温暖，
忘记了对社会的责任，
强盛的社会还原，
为无上幸福的家庭。

徐迟　一九七九年元月

我和我爱人得到这幅贺诗后，高兴异常，忙托人裱装了一下，镶在玻璃框中，挂在我的新婚的家里。这首诗简短明了，充满了一个长辈诗人对年轻人的祝贺与希望。他站在时代的高度，把爱情与培育后代，把家庭与社会作了非常完美的阐述。短短的 12 行诗句，给了我们一种咀嚼不尽的美感和体悟不绝的人生内涵，充满了一种积极向上，好好做人的情感。大诗人毕竟是大诗人，随手写来，特别是在 20 世纪七十年代末那种时代里，他的诗没有那种政治口号似的说教与帮气，是一种真正的诗。许多到我家里看到这幅贺诗的人，无不称赞这诗的隽永与珍贵。

我和我爱人把徐迟先生的这份贺礼作为镇家之宝珍藏起来了。几十年了，我们经常想着徐迟先生在诗中对我们的希望，不敢忘记我们对家庭对社会的责任，我们在各自的工作岗位上认真做事，踏实做人，与人为善，为社会为人民作出自己力所能及的贡献。我们的家庭也很稳定，夫妻二人也能说是相亲相爱，真正体会到了“爱情越久越可贵，要有互让精神”的真谛。有时两口子吵一下，想到“互让”二字，也能很快和好。我们的儿子大学毕业后，在一家央企搞土木建筑设计工作，已经是高级工程师了。儿子在 2008 年结婚时，我们把徐迟的这首新婚贺诗转赠给儿子儿媳。应该说在培育后代的问题上，我们也是按徐迟先生在诗中的要求做的。

1996 年 12 月，敬爱的徐迟先生飞升天国，我和我爱人深感悲痛，曾在徐迟先生给我们的贺诗前久久哀悼。徐迟先生，你在一首小诗中对一对年轻人的希望与祝福，这对年轻人记住了。如今这对年轻人已是中年了，他们的家庭，他们的后代，他们的工作，都是按您的要求去努力做的。他们没有辜负您的希望，他们祝您在天国平安！

徐迟先生的一幅新婚贺诗，将永久长在我们一家人的心里。

王蒙李国文吃小酒店

1994 年 10 月，全国第 6 届书市在武汉展览馆举行，那时的武汉展览馆还没拆除，全国各地的出版社和期刊社把武展的各楼层挤得满满的，到处都是展台，到处都是书，到处都是招贴广告，那一份热闹劲和声势，我是头一次见到。

国庆节期间，时任漓江出版社社长的聂震宁就派了编辑兰峰到我家，并邀请了聂在鲁迅文学院的同学刘耀仑商谈，策划了 10 月 8 日在武昌江鹰大酒店举行的“古典文学名著评点系列首发座谈会”。评点古典名著是当时漓江出版社的一项重点工程，带到会场的三套书是王蒙评点《红楼梦》，李国文评点《三国演义》，高晓声评点《三言精华》。参加座谈会的都是湖北的作家、评论家与新闻记者们，王蒙、李国文两位也到了。那天的会很热闹，与会者都得到三套书，高晓声没来，大家都拥到王蒙、李国文跟前，请他们在书上签名，王蒙、李国文两位累了个够呛。

10 月 9 日是个星期天，上午我带着妻儿到武汉展览馆逛了书市，买了一批书，下午 3 点才回家。约 4 点，刘耀仑打电话来说，王蒙、李国文要找个小酒店吃点特色菜，不要官员陪，要我与刘耀仑二人安排并作陪。那时东湖路尚未拓宽，湖北省社科院门前有好几家小酒店，现为泰锦大酒店老板的杜齐明当时在这儿开了家金牛酒店，我们省作协省文联的人常去金牛酒店，与杜老板熟悉，我和耀仑就把地点定在金牛酒店了。

下午 6 点钟前，聂震宁陪王蒙、李国文到了金牛酒店。我们五人围桌而坐，王蒙点了干煸牛肉丝、李国文点了豆瓣鲫鱼，另外还点了螃蟹、火锅等。为了体现湖北特色，我与耀仑点了排骨藕汤。王蒙与李国文都不喝白酒，我们就要了一壶加饭酒，实际就是烧热了的黄酒。喝酒时，王蒙谈笑风生，相对来说李国文就较内敛些，比起他在《文学自由谈》等杂志上发的一批谈古论今、针砭文坛的妙文逊色多了。说起评点名著的事，王蒙说各有各的评点法。什么是古典名著，各家出版社都可自己定，别的出版社还可以评点其他作品。评点《红楼梦》嘛，徐迟是阶级斗争评点法，周汝昌是另一种评法，他自己的评法只是一家之言。火锅是羊肉，王蒙说羊肉好，但牛肉不行，干煸的方法是正确的。北京现在已改良牛肉成功，那牛肉细嫩。聂震宁说羊肉味不好闻，他在广西收到张贤亮寄的长篇小说稿，那信封和稿子上都有股羊油味。王蒙说那是的，当年他在新疆，就是这样感觉，房子里、家具上、衣服与书籍上都有羊油味，连拉的尿中也有羊油味。谈到湖北的特色菜，我与耀仑说不多，但这排骨藕汤就是典型的湖北特色，外省人是做不出湖北的这种排骨藕汤的。王蒙和李国文连忙说是，莲藕粉烂，汤的味道正，这是最好的湖北菜。我们一共喝了三斤加饭酒，王蒙高兴起来，唱起了卡拉 OK。他先唱了一曲《洪湖水浪打浪》，我们都唱了一支歌。王蒙问了我一些《长江文艺》的情况。酒店老板杜齐明知道王蒙是中共中央委员，还任过文化部长，高兴得不得了，跑到隔壁书店买了一本王蒙的小说集《坚硬的稀粥》，请王蒙签了字。不知不觉，我们在金牛酒店待了两个多小时。聂震宁这时提议撤退，因为 8 点半钟，湖北省委的有关领导约好到饭店去看望王蒙，他们必须赶回去。我们握手告别。

在金牛酒店里，我们一起照了相，我和王蒙与李国文三人照了一张。王蒙和李国文是我文学上的前辈，他们的作品曾经给我许多的滋养，他们是我敬爱的作家。这几张照片，留下了我们在武昌金牛酒店难忘的一次晚餐。好多年过去了，想起那天晚上的情景，我总有许多的感触。如今，聂震宁调北京任人民文学出版社的社长，王蒙、李国文宝刀不老，新作频出，还在中国文坛扛鼎举旗。去年 12 月的全国第六次作家代表会上，我碰到了聂震宁与王蒙，提起金牛酒店的晚餐，他们都还记得。

金牛酒店随着武昌东湖路的扩宽，早已不存在了，杜齐明后来开办了一个泰锦大酒店，规模比金牛酒店大 20 倍以上，而且生意兴隆，不知道他还是否保存着王蒙给他签了字的那本《坚硬的稀粥》！

碧野白头不服老

茅盾先生在给碧野先生的诗歌《丹江行》中的第一句就是："碧野白头不服老"。我借用这句诗当作题目，来写一下我心中的碧野，是再合适不过了。

碧野先生给湖北作协大院里诸多人的印象，总是笑吟吟的，加上他的形象，活像一尊弥勒佛。手里摇把纸扇，他怕热，到了仲秋扇子还不离手。年近八十的老人了，还常常伏案写作，一字一句，文采斐然，钢笔字写得潇洒遒劲挺拔，没一点颤抖老态。前几年碧野先生为我的一本散文集写了篇序，那字真见功夫，我将序的原件珍藏着，作为永久的纪念。在一些文学界的聚会上，碧野先生若出席，总架不住主持人的请求，就即席讲几句。那话讲得朴实真切，针对性强，而且声音洪亮，中气十足，全然听不出是从一位老人之口吐出。1992 年夏天，碧野先生在武昌东湖寓所里，写完了 41 万字的自传体长篇纪实《人生的花与果》，接着又开始紧张地编撰他的 4 卷本 200 万字的《碧野文集》。1993年春天《碧野文集》由长江文艺出版社出版。文集装帧豪华，印刷精美，这对碧野先生来说，是一件值得庆贺的事。长江文艺出版社与湖北省作家协会在武昌联合举行首发式，湖北省委省政府领导出席，这在湖北文艺界也是少有的事。

夏天，我去拜望碧野先生，先生在书房笑吟吟地迎接我。写字桌上，先生读初中的孙女正做作业，在我到来之前，这爷孙俩在忙什么呢？或许是爷爷正在辅导孙女功课吧！问起先生身体，先生告诉我，据医生检查，他身体的内部零件很好，仍健康。看上去，先生脸膛红润，精神矍烁。先生给我赠书，在书上签字，盖印章，进行得认真而一丝不苟。问起先生新近的创作，先生说，头脑是清醒的，但文集编完之后，眼睛不行了，看东西有些吃力。近期打算休整一下，但头脑中的思考是不会停止的。

问起碧野先生身体健康的原因，先生说："我不嗜烟酒，我能吃，能睡，能走路。这三能，保证了我的身体。我每天吃近一斤口粮，食欲不减，消化力好。我也能睡，每天能睡七八个钟头。休息充分了，精神就好。我是心宽体胖啊，甘于寂寞追求淡泊，越到老年，我越能与世无争，与人无争。这不是软弱的表现，而是老年人最富有内涵的人生哲理。遇到得失，既不患得也不患失。遇到不快，也不耿耿于怀。过去，我的一部写太原战役的长篇小说受到了不公正的批评，我不仅容忍了，而且继续走向生活。对于官位，我也是含笑退让，我把一生荣辱，置之度外。由于精神的轻松，所以我能吃能睡，一切顺应自然。”

碧野先生特别能走，没有老年人的步履迟缓，而是走得稳健，快捷，不需策杖，更不需别人搀扶。先生说，他年轻时参加太原战役时，曾经夜行军一百六十里。现在年老，一般不坐车，几站路远的地方办事，都是安步当车。先生说他的能走路是家传的，抗战中期，先生的六十余岁高龄的母亲，从广东到四川找他，关山重重，万里徒步，日以继夜，终使分别十余载的母子相见。先生年轻时当流浪汉，吃苦耐劳，练就了走路的本领。

关于碧野先生走路的事，先生自己在一篇散文中这么写道：

即使到了老年，也应注意身体锻炼。我不作强烈的运动，但却少不了散步。清晨，空气清新，林中、湖边、日出总有不少情趣，鸟雀在林中穿飞，鱼儿在岸脚游动，这种天然乐趣，给你多少浓郁的诗情；傍晚，太阳西落，天空出现万片霞光，众鸟归巢，低飞盘旋，展现各种艳丽的翅膀，纷纷噪林，而渔舟吃水深，满载鱼鲜，风帆点点晚归，给你多少舒心畅快的画意。

先生笔下的散步，写得真美。

离开先生寓所时，先生与我很有劲地握手。我望着笑弥勒佛般的先生，心想，他是能高寿的，他很乐观，他的精神不老，他胸膛里跳动着的是一颗欢快的年轻的心。

（附注：碧野先生2008年5月31日在武汉逝世，终年九十三岁。）

给骆文校对诗稿

听到骆文老先生受伤住院的消息时，我正伏在桌上校对《长江文艺》11 月号的稿子，而且刚刚校对过骆老的组诗《天下第一山》。两天后我到医院，骆老已去世，我和机关的一群同事伴着骆老的子女，簇拥着运送骆老遗体的担架车，走在医院长长的路上。我扶了一下担架车的车把，那推车的医生不让我再扶了。我们一群人沉重而静默地走着，我们在陪一位老党员、老文艺家，湖北省文艺界的老领导走着去向天堂的路。骆老，您静静地在担架车上躺着，安详而又慈爱，你听到我们给您送行的脚步声吗？您看到我们对您的离去恋恋不舍之情吗？我忍住了泪水，我在想，骆老这是去天堂，我们会在晴日里，在蓝蓝的天空下，看到他儒雅而慈祥的微笑，听到他缓慢清晰带点磁性的话语，他会经常与我谈《长江文艺》，给《长江文艺》写稿。他是《长江文艺》的老领导啊！

从医院回来之后，我再次将骆文老的组诗校对一遍。骆老的这组诗是他在一个月前用信封装着，放进我的信箱的。诗稿前，附一便笺，写着：“益善同志，送上诗四首，请审阅。”骆老的诗，是我们求之不得的，我当即签发在 11 月号，这组诗由写井冈山的《天下第一山》、《向先烈致敬》，写延安的《枣园》、《延安宝塔》四首组成，我从中读出了一位延安时期的老战士一片深沉的情怀和对革命执著的爱。“山高　比不过珠朗玛/山险 /也难敌冰雹擦过的华岳/谁能说黄洋界松涛/不是大地震撼的心律/天安门地砖/若是来自罗霄山脉/该由多少赤卫队巨手将其切割”（《天下第一山》）。骆老青年时代奔赴延安，对延安怀有故乡般的情感。近两年，他重新访问延安后，留下一批诗文：“这里生活清苦/但是有爱/一踏上延安的土地/就明白西方贵族的蛊惑/红色声音哪是魔魇？/节奏　重音力度/称颂真诚的和平/——人类的希望之星”（延安宝塔）。骆老的诗，语言节奏感强，苍劲有力，是诗中的青松。

《长江文艺》11 月号，10 月底就印出来了。在看清样时，我想了好久，在作者骆文的名字上，是加黑框还是不加黑框呢？我决定不加黑框。骆老虽说去世了，但这组诗，是骆老生前给我们投的稿，我们发表这组诗时，骆老还健康地活着，这是骆老生前最后一次给《长江文艺》写的稿。《长江文艺》将永远保存骆老的最后一片钟爱。

骆老走了，走得这么突然。在湖北省作家协会的大院里，再也看不到他颀长的身影，在湖北文学界的聚会上，再也听不到他隽永睿智的话语，而我，一个文学界的晚辈，再也承受不到他的关爱，想到这里，我的眼泪奔涌而出。

骆老，我给您校对诗稿时，您走了。骆老，我多么愿意永远为您校对诗篇，《长江文艺》多么希望不断发表您的诗作啊！

路老，我会在静静的夜晚，谛听您在天堂吟咏的诗篇。

不声不响的沈从文

我很喜欢读沈从文，20 世纪七十年代初我从大学毕业出来做编辑时，还不知道沈从文。那时，中文系的教师不讲沈从文；我们在图书馆里也没借到过沈从文的书。参加工作后，单位里有个资料室，藏了一些当时从港台弄过来的书籍，里面有一本香港出版的《沈从文散文选》，厚厚的一本。当时我接到去宜昌、秭归等地出差的任务，就带上了这本厚厚的《沈从文散文选》，我在火车上轮船上读起来，没想到这一读，就叫我大吃一惊。我真不敢相信，世界上还有这么美，这么朴实，这么深刻，这么有趣的散文。从这时开始，沈从文三字就深深地刻在我的脑子里了。在出差宜昌的旅途，我带着一本沈从文的散文，觉得非常愉快而充实。

八十年代之后，沈从文的文集，小说选，散文选，传记，丛书，改编的电影，一下子出得很多很多了。今天不知道沈从文的人，恐怕很难从文学圈子中找到。我仍然非常爱读沈从文，他的所有的书我都读，有关他的一切研究文章，以及消息报导轶事书信，只要见到的，我也要来读。我曾经到过湘西，在一个傍晚，到过凤凰，在那古城墙上留过影。并到过茶峒，据说是沈从文写《边城》的那个小镇。我们去时，为拍电影而搭的吊脚楼与一些布景还没撤去。

毫不夸张地说，这辈子我热爱沈从文，不仅是他的作品。在我书桌的玻璃板下，压着一封巴金先生写给沈从文夫人张兆和的信。这封信只有几百字，是我从一张报纸上剪下来的，现在剪报已经发黄陈旧了，但那铅字却变得更醒目，更能静静进入我的心灵。

这封信发表时，标题是“不声不响地做自己的工作”。信是巴金先生在沈从文去世后写的，巴金称张兆和为三姐，信中回忆了20世纪三四十年代巴金在沈家作“食客”的事情，写了张兆和对沈从文的照顾。信中提到沈从文时，巴金说：“想到从文，我觉得眼前多了一个榜样：不声不响地做自己的工作。我要向他学习，这不是客气话。”几句很朴实的话，巴金却给了沈从文一生以很高的评价。榜样，是巴金先生的，也是我们一切热爱沈从文先生的人的。

沈从文在中国现代文学史上的地位，在国际上的影响，他的为人，他的文学及新中国成立后在文化研究上的成就，不是我这小文章所叙述得了的。沈从文这一辈子不为名困，不为官累，而只是不声不响地做自已的工作，淡泊明志。连他去世时，也是巴金在信中所说——“去得安安静静，没有痛苦，又不惊动别人。”他这一生，确确实实是我们的榜样。

人，以他不声不响的创造，为人类留下财富。然后又悄悄地离去，这种品格，这种境界，不是极高极高的吗！

不声不响地做自己的工作，我永远记住这句话。我读沈从文时，我会记住这些伟大作品都是他不声不响地工作的结果。

曾卓的《母亲》

人都是父母生养的，父母的爱对于子女来说，是无私的且永无止境的。而唯其这种无私的永无止境的爱，才感天动地，才能打动读者最深最强烈。古往今来，文学作品中写父母和子女的爱，无不动人心弦。这种大爱只有散文才最适宜表现，也能表现得更充分、更真切、更自如。

我们是父母的儿女，当我们提笔书写父母时，心中充满感激，眼中满含热泪。当代诗人曾卓，1974 年写散文《母亲》时，52 岁，因胡风案尚在管制之中，没有自由。曾卓去世后，在湖北文艺界为他举行的追思会上，女剧作家沈虹光朗诵了曾卓《母亲》中的一段，听得几百人的追思会上哭声一片。

这是什么原因？这是散文情感的力量。

曾卓不知道母亲的名字，只听说她出生在贫苦农民之家，父母很早就去世了。母亲因“媒妁之言”嫁到曾家。曾卓的父亲是大学生，对这种包办的婚姻，当然不满意，母亲受到冷淡、鄙夷，全无幸福可言。

曾卓四岁时，父亲遗弃了他们母子，离家出走。母亲当时只有二十五岁，默默地承担起自己的命运，带着曾卓跟祖父母一起生活，一直到死，再也没和父亲见过面。在那种黑暗年代，一个遭遗弃的年轻少妇的冷凄痛楚，令人心颤。母亲把希望和爱全部放到年幼的儿子身上，信佛，希望从佛教里去寻得解脱和超度。母亲有颗善良的心，因自己的不幸更同情他人的不幸。曾卓上学，每有一点成绩，都是母亲的安慰，因参加学生运动，受到学校“默退”的处分，母亲担忧，母亲憔悴，母亲失神。

战火遍达武汉，曾卓父亲迁到四川一个县里。为了继续求学，祖父让曾卓到四川去找父亲。母亲默默收拾行装，叮嘱曾卓用功读书，神情凄伤黯然，却没有眼泪。曾卓坐上人力车朝码头上去，走了好远，回头看母亲还站在门边。这是曾卓母子的永别，曾卓从此再也没有见过他苦难的母亲。在武汉沦陷前，祖父祖母叔婶和母亲逃难到广西一个小县。1944 年冬，日寇向湘桂发动攻势，国民党军队毫无抵抗一泻千里。在逃难途中，祖父和母亲、叔婶失散了。后来祖父千辛万苦找到了父亲，与母亲同行的叔婶也到了父亲处，却没有曾卓的母亲。母亲在途中决定不去父亲家，要到重庆找儿子。母亲在兵荒马乱、饥寒交迫的逃难途中得了重病，每天挣扎着和叔婶一同步行。几天后终于支持不下去了，疯传日寇即将到达，母亲不愿拖累叔婶，要他们先走。她摸出了一个金戒指要叔父带给曾卓，而她身边唯一的东西，是曾卓在中学演讲时得到的奖品：七星剑。她倚坐在一座破屋的墙边，抚着七星剑，望着叔婶等人在逃难的人群中走远，而她，再也没有走到儿子那里去。那地点应是贵州的都匀附近。52岁受尽另一种磨难的曾卓，当他写到"在异乡的土地上，没有一片遮蔽风雨的屋檐，身边没有一个亲人，甚至没有一张熟识的脸，眼前流过的是惊慌的逃难的人群，耳边响着的是凄惨的呼喊声，而敌人的铁蹄随时可踏到……我不能想象孤独地倚坐在墙边，抚着儿子的一种纪念品的病危的母亲有着怎样的心情；我不能想象那以后母亲的遭遇。我的心沉重、悲痛，却又暗暗地期待着，也许母亲有一天会突然出现在我面前……"时，他难道不伏案号啕么？苦难的母亲，苦难的儿子在想念你，在痛哭你。而读者，读完曾卓的《母亲》，难道不为这样苦难的母亲一洒辛酸之泪么？

如果说，朱自清《背影》写父爱，用一种平易朴实来打动人，表现的是一种亲情与沧桑，那么曾卓的《母亲》则是用一种迸着血泪的文学写母爱与母亲的苦难，是一种刻骨铭心的悸动，是一种民族苦难的记录。

散文的写作，风花雪月也可，琐碎生活的记录也可，为赋新诗强说愁也可，但总是成不了大气候的。只有在文字中融进了作者的血肉，倾注了作者的深情，有爱有恨，而且来得真，没半点假，才能有力量，才能打动人，才是大作品，才能让读者永不忘记，能流传久远。

邹荻帆与《我忆念的山村》

刚开始学写诗就知道邹荻帆老师。1973 年我从学校毕业分配到文学刊物做编辑时，从单位资料室里翻出几册大 32K 本的《诗刊》合订本，读上面发表的诗，被其中邹荻帆所写的有关洪湖和江汉平原的组诗深深感动，并为这位湖北籍的诗人所折服。见到邹荻帆老师是在 20 世纪 70 年代末粉碎四人帮之后，中国文联举办的第一次大会上。我陪原湖北省委宣传部的老部长曾锌参加会议，在饭桌上和邹荻帆坐到一起，邹荻帆那一口天门乡音，吸引了我。但我只是个陪同人员，当时并没有和荻帆老师有过深入的交谈。

1981 年，我写了组诗《我忆念的山村》。这组诗是我在房县当省委路线教育工作队员一年，回到城里来之后思想反思的真实写照。组诗控诉批判了林彪四人帮的极左路线对农村的残害，歌颂了农民淳朴善良的美德。组诗由当时的《长江文艺》诗歌组长欣秋看中，决定在《长江文艺》1981 年 2 月号上发表。我当时正在《长江文艺》作诗歌编辑，觉得用真名在自己编辑的刊物上发表作品有嫌疑，于是就用“易山”的笔名发排，这组诗发表后，反响不错，当时在北京音乐学院当教授的湖北籍老诗人丁力给我来信，说是《长江文艺》发了易山写山村的组诗，北京反映很好，《诗刊》已决定全部转载，他说他为家乡的刊物骄傲，不知作者是谁。接到丁力的信之后，我惊喜莫名。心想，写了好几年诗了，也发表了一些，但均没什么反响。这组诗看样子会在诗坛引起注意，但又偏偏用了个笔名，我当时要是用“刘益善”三字多好，用个“易山”，谁也不知道是我写的。这自是我的私心杂念。

憋了几天，我终于鼓起勇气，给时任《诗刊》主编的同乡诗人邹荻帆写了封信，希望能更换署名。没几天，荻帆老师就回了信，告诉我组诗已在 5 月号《诗刊》转载，由于已排就付型，更改署名已来不及了。荻帆老师在信中肯定了《我忆念的山村》这组诗，给了我很大的鼓励，并说了《诗刊》转载一点好诗的目的是为了起推荐介绍作用。最后荻帆老师对《长江文艺》杂志也给予了鼓励，特别是在信尾所说“家乡的刊物”，更是体现了老诗人的一腔乡情，他是时时不忘家乡的。

荻帆老师的信是 1981 年 4 月 23 日写的，5 月份，《诗刊》出版后，我一拿到刊物，看到上面转载的两百多行的《我忆念的山村》，心里就怀着对《诗刊》，对邹荻帆老师的深深感激，并决定以此为起点，要更加努力，写出好诗来，以不辜负荻帆老师的期望。《我忆念的山村》这组诗后来获《诗刊》1981~1982新诗奖，并被选入《中国新文艺大系·诗歌卷》等多种选本，《文艺报》发表诗评家张同吾的文章，称此诗为“刻画中国农民性格特征的力作”。我想，如果没有《诗刊》的转载，此诗的影响是绝对没有这么大的。因此，几十年来，我心中常怀感激之情。

邹荻帆老师如今已去天国，我写这小文，也是对荻帆老师的永远怀念。

为刘绍棠推轮椅

突然的，刘绍棠先生就去世了，仅仅 61 岁。读到报纸上发的消息，我心里有种沉痛缓缓升起，眼前出现了他的那张笑脸，还有爽朗的共鸣声强的笑声。实在说，我与绍棠先生并没什么交往，既没与他通过信，也没与他在一起论过文学，但我把他作为尊敬的老师与同志，是因为他的乡土文学和他的那种不断的乡村情结。

我刚开始接触文学时，就听说有个神童作家刘绍棠，他上中学时就出版了小说集子，并用小说的稿费在北京买了四合院房子，当起了专业作家。后来有机会读到他的许多沾满大运河水腥气土腥味的小说，我被吸引了，把他奉为楷模。我是写乡土诗的，后来写乡土小说及散文，不能不说是从刘绍棠先生那里受到了影响。遗憾的是，刘绍棠先生后来的乡土小说，写来写去没有更多变化，有些作品中的人物与故事有重复感觉，这不能不说是种缺憾。但缺憾是缺憾，他在我心目中的地位未变，中国当代文学史，是不能不写刘绍棠的，1949 年后的中国乡土文学，绍棠先生可以说是面旗帜。

我与刘绍棠先生的个人联系，虽说有些牵强，但还是有的。1991 年 5 月，我们在北京参加全国青年作家代表大会，在中央领导接见我们并照相时，来了一些不是青年的作家。刘绍棠先生来了，并和我们一起照了相。那张大照片的第一排，有三张轮椅，坐着艾青、张海迪、刘绍棠。那时的绍棠先生，还只 55 岁，虽说坐了轮椅，但精神很不错，身体看上去也健康。

去年上半年，在一次会上，我碰到湖北日报的张宿宗先生。张宿宗说：《湖北日报》双休特刊登载乡土诗人王老黑的文章，王老黑到北京去看刘绍棠，刘绍棠让王老黑问候湖北的作家，中间还提到你。”回家后，我赶快找报纸。果然在这张彩印的报纸上看到了这段话，绍棠先生说，问刘富道、刘益善等人好。读了这报纸，我感到一种兴奋和温馨。

1996 年 12 月中旬，我们到北京参加全国第五次作家代表大会。刘绍棠先生是大会代表，并在会上被选为中国作家协会副主席。那时看到绍棠先生，神采奕奕，春风满面，精神状态十分好。在这次会上，遇到一件小事，使我与绍棠先生有了面对面的接触，并且说了几句话，还握了一次手。那天，我们从京西宾馆礼堂开完大会出来，回各人的房间。从礼堂到房间要穿过好长并有多处台阶的过道。有人推着轮椅过来了，轮椅上坐的是刘绍棠。轮椅无法上台阶，推轮椅的一个人无法把轮椅搬动。我刚好在一边，就赶快上去帮忙抬轮椅，还有一位女作家也帮着抬。我们护送着轮椅前进，每遇台阶都抬起来，直到把轮椅护送到大厅。临走时，我与绍棠先生说了几句天气与气温的家常话，并握了一下手，他说谢谢我们。绍棠先生并不知道我是谁。问题是，推轮椅的是山西作家韩石山。石山兄与我是好些年的朋友了，头天晚上他还到我住的房间聊过天，但这天他没看出抬轮椅的我来，他的眼镜不知是近视眼镜还是老花眼镜。总之，韩石山给刘绍棠推轮椅，这是很不错的事情。

好像才过去不久的事情，突然地，绍棠先生就去世了，正是壮年，还未入老境呢！前段时间，报上还登过他提出建议，把北京的几个老作家聚在一起，大家交心谈心，加强团结。没想到，他就这么匆忙地走了。

但刘绍棠先生留下了 12 卷本的《刘绍棠文集——大运河乡土文学体系》，他将活在他的读者心中。

戴厚英之死

戴厚英死了，和她 19 岁的侄女戴惠被人杀死在上海的寓所里。上海警方经过立案侦查，结果是被曾得到过她的帮助的老乡杀死的，目的是谋财。

最早听到这消息是在湖北省的中国作协会员聚会上。吃饭时，方方在饭桌上告诉我，我一惊，心里立即发闷、哀痛。面前有一小杯白酒，我将白酒洒在地上，以示祭悼。

我是很尊敬戴厚英的，她是当代中国女作家中的强者。闻捷是我喜欢的诗人，他的诗集《果子沟情歌》对我写诗起了引导作用。“文化大革命”中闻捷受审查，戴厚英是审查者，后来审查者与被审查者竟然相爱了。在那种年代，当然得不到结合，闻捷就愤然自杀。戴厚英后来就写了长篇小说《诗人之死》。20 世纪 80 年代中，《长江》文学杂志在神农架开笔会，戴厚英带着她上中学的女儿参加了。我也参加了这次笔会。在神农架山中踏访奔走时，戴厚英和她的女儿十分活跃，娘俩说笑如平辈，翻山爬坡十分的矫健。那时戴厚英才四十多岁，创作正处旺盛时期。她很随和，和大家聊天，没什么架子。那一次，我们几个人在松柏镇新华书店发现了戴厚英的长篇小说《人啊人》，共5本，我们就一人买了一本，让戴厚英在书上签名。戴厚英签完名，说应该她出钱买了送给我们。我们笑着谢绝了，她连说：不好意思不好意思。现在，这本书成了一个很好的纪念。

自此，我十分关注戴厚英的行踪。她早年离异，与诗人闻捷相爱未成后，一直单身。她女儿后来大学毕业出了国，她曾去探亲，和女儿住在一起，带带外孙女。戴厚英除了写长篇小说外，近些年写了不少的散文和随笔，这些小文章写得十分出色。记得她发表在《随笔》杂志上的一篇文章，写她安徽乡下的侄儿，十分动情，我是读出了眼泪的。戴厚英是个意志很坚强的女人，她从安徽农村考上华东师范大学，就一直在上海工作生活，当了大学教授，成了知名作家，培养了女儿。她不忘农村，还自己跑到安徽农村去防洪救灾。她在上海，始终以一个外乡人自居，她的心留在了乡下。她是上海大学文学院的教授，她的课讲得好，学生们喜欢听。她是一边讲课一边写文章的。

突然间她就死了。杀人的凶手一定不知道他杀死的人在文学上的地位，他要谋的财与这个人太不相宜了，戴厚英今年才58岁啊。

一位大学生喜爱的教授，一个出版过7部长篇小说和多部短篇小说及随笔集子，读者喜爱的作家遇害了。该杀的凶手啊，太残酷了。我也是戴厚英的一个读者，我在心里深深地悼念她。

此文写到此，有个细节附上：我爱人和儿子每天上班上学，家里经常只有我一个人。爱人说，你可要小心啊，有人敲门你先问清楚了再开门，别像戴厚英那样呢！

我相信我们的社会和警力，任何杀人行凶者终究会被消灭的。

昌耀的无所畏惧

今年 3 月初，久不买诗集的我在书店见到一本《昌耀的诗》，人民文学出版社 1998 年 12 月版，当即毫不犹豫地掏钱买下。那天同时还买了其他几本书，收银台小姐为我打折，我说其他书打折卖我可以，但《昌耀的诗》我出全价 20. 7 元，一分钱不能少，因为这本书值这个价。如果我用折扣价买他的诗集，我觉得会亵渎了朋友。

不久，从《文艺报》上见到了昌耀于 2000 年 3 月 23 日在青海西宁去世的消息，我愣了。昌耀，你是我心目中的真正诗人，你怎么就这样去了呢？待我接连读到几位朋友在悼念昌耀的文章中写到昌耀的病情及死，我当时号啕一哭。昌耀，你好苦；昌耀，你那些真正的好诗是从你的苦中泡出来的啊！

昌耀死了，中国当代堪称真正的诗人又少了一个。而且像昌耀这种诗人在中国当代是越来越少了，那些伪诗人倒是活得很潇洒，在那里喝酒写诗，写些离诗越来越远的分行文字。昌耀，你的诗不会因你的死而死，它们会长久地活在读者的心中，活在朋友们的思念里。

20年前的1980年，昌耀在《青海湖》杂志做诗歌编辑，那是他的右派得到改正后重新回到文学队伍中不久，我给他寄了两首诗。昌耀对我的这两首诗颇为称赞，很快发表在《青海湖》杂志上。我在其中的一首《冬荷》中写道："秋风秋雨过后/残酷的严冬来临/一场自然界的浩动/谁都没有侥幸//最后是死了/她是站着死去的/留下了洁白/留下了衷心。"现在想想，昌耀当年称赞我的诗，这几行诗肯定给他留下了印象。我在写冬荷，其实是在写他们这一代受到不公正待遇的人的命运及品格啊！

昌耀是湖南桃源人，17岁便与诗歌结缘，曾在朝鲜战场上受过伤，后来在青海遭流放20余年。他的命运坎坷，但看得出来，他没有向命运低头，而以一颗诗人之心在抗拒着灾祸与苦难，保持着自己的人格尊严。1983年9月，在新疆石河子绿风诗会上，我见到了昌耀，一个穿着朴素，个子不高，面色清癯，戴着宽边眼镜瘦削的中年人。绿风诗会聚集了全国各地赶到的160多位诗人，那时是诗歌的黄金季节，大家在一起谈诗喝酒研讨外加旅游，其乐融融，气氛热烈。但我发现昌耀却有些孤单与不合群。他不大多说话，很有点木讷，没事就一个人坐着，默默的，像在思索着什么。诗会上不断有新鲜事发生，从少年到老年，大家都放开了自己在狂欢。可这一切都与昌耀无缘，我总是能看到他那孤独的身影。绿风诗会期间发生了一件事，使大家一下子记住了昌耀。那天诗人们的车队外出参观，有小车、面包车和大客车，老同志或领导或名诗人坐小车与面包车，其他人坐大客车。昌耀没弄清楚这些，跑到面包车上，被一位工作人员请下来，让他坐大客车。昌耀这时面色苍白，嘴唇颤抖，突然就火起来了，觉得受了侮辱，当下坚决不去参观，并且第二天提出回青海，拒绝再参加诗会了。这下可把主持者搞慌了，诗人杨牧向昌耀赔礼，其他朋友也劝解，才算是平息了这场风波。这件事肯定有误会，但昌耀维护自己的尊严以及他执拗的性格是表露无遗了。1996 年 12 月北京开全国作家第五次代表大会时，代表名册上有昌耀，但我在会上却没见到他，这很正常。大家都在热乎地交往时，昌耀肯定又在孤单地走着或坐着想什么。昌耀后来当了青海省作协副主席，据说有些名家到了西宁有意探望，他却拒而不见，原因是他“不会说话”。

诗人昌耀走了，他走的形式与老诗人徐迟一样，是从楼上飞升而下的。昌耀患的是乳腺癌，并且转移到淋巴与全身。昌耀是青海的专业作家，他只写诗而很少写其他作品，而写诗又决不为写而写，产量很低。他一生写诗不多，三四百首而已。昌耀过得很清苦，诗的稿酬收入低。昌耀有三个孩子，小儿子在上高中，他的生活窘迫，据说在他病痛严重时，都不去医院医治，虽然医疗费用报销 80%，20% 自己承担，他也不愿。他宁可痛得用膝盖顶着胸部在床上嚎叫，也要节省下很少的几个存款，为他的小儿子上大学用。昌耀的死亡方式，实在是因为疼痛得受不了，而采取的一种自我保护。诗人韩作荣说：“他对死亡已无所畏惧，他对生很留恋，只是现实已回天无力。”

昌耀死了，中国西部矗立起一尊诗的碑石。昌耀，我在南方朝你拜谒：安息吧，我的一位诗兄。

梁上泉的《小白杨》

知道梁上泉老师的诗名很早，但真正见到梁上泉本人，还是在去年夏天北戴河中国作家协会创作之家里。中国作家协会2001年第四批全国会员休假时间是7月25日到8月2日，因通知上写明允许带家属，我们这批会员代表和家属二十多人，每次吃饭开两桌半，是个很大的家庭了。我在饭桌上见到梁上泉，他方脸大眼，前额半秃，身子壮实，全然看不出是七十多岁的人。我写诗也有些年头了，和梁上泉老师见面就有一种亲近感。他说他家里还保存着我给他写的信。20世纪70年代我在《长江文艺》当诗歌编辑时，与许多诗人有过书信往来，我可能给他写过约稿信。

知道梁上泉除了写诗外还写歌词，缘于在这次北戴河休假中发生的一个故事。

7月27日上午，我们全体休假人员和家属乘辆交通车，到联峰山公园游览。天下点小雨，我们买了门票后，分散开登山。梁上泉的夫人浦心玉老师也是六十多岁的人，老两口带着九岁的孙子浦磊走在一起。

浦磊上小学三年级，这次跟爷爷奶奶到北戴河玩，兴奋异常。小家伙背着双背带书包，跑在爷爷奶奶的前面，梁上泉老两口跟在孙子后面，不断喊着慢点慢点。联峰山公园占地 1636 亩，面积一百零九千多万平方米，园内有三座松林覆盖的山峰，有的山路陡峭窄小，巉岩迭出，林木蓊郁，其实是一处森林公园。时正盛夏，全国各地来北戴河避暑的人很多，公园内游人如织。我和妻子随着游人玩了一些景点，已经很疲倦了，找一处山石坐了会，便下山朝出口处返回。联峰山公园里有一处圈地不小的机关，四周围墙耸起，岗哨处处。我和妻子经过这机关的一个侧门时，见到梁上泉的夫人浦心玉眼泪汪汪地站在旁边。我们吃了一惊，忙上前问候。浦心玉老师说：浦磊丢了！梁上泉急得要命，漫山遍野地寻找。浦老师说：我找了解放军，请求他们帮忙找。我们忙安慰浦老师说，您老别急，解放军一定会找到浦磊的。这时我们才明白刚才在山上碰到一队队的战士跑步巡山，肯定是寻找浦磊的。侧门的岗哨站岗的两个战士的报话机响了，报话机里说：注意，请仔细寻找，有目标立即报告。丢失的小男孩子是老首长梁上泉的孙子，就是写《小白杨》的那个作家，我们更应该找到，我们一定要找到。

浦心玉老师就守在那岗哨边等消息，我们游完山的创作之家的人员和家属坐在出口处等梁上泉。这时丢了小男孩的消息已在游客中传开了，公园保卫处的联防队员也骑摩托参与寻找。终于传来消息：孩子找到了。当十多个解放军战士呵护着小浦磊出现在山道时，大家都欢呼起来了。七十多岁的梁上泉此时已汗湿衣襟，累得气喘吁吁。亏他身体好，如果换了别的老人，还能在山里跑来跑去找孩子么！

《小白杨》这支歌很流行，我也会唱，歌词写得很有诗意。但我就没注意这是梁上泉写的。这次发生在联峰山里的故事，使我亲眼见到解放军助人解难的行动，也知道了梁上泉会写歌词。梁上泉笑笑说：我本是搞歌剧的嘛，我写过上千首歌词。

帮助梁上泉找回孙子的是武警河北总队北戴河支队，梁上泉为这个支队写了一首诗，用毛笔写在宣纸上："倾情内卫守边防/都市警营小白杨/枝叶青青干直挺/长成大树护荫凉。"梁上泉的毛笔字写得很好，他的文房四宝随身带着的，他说他是书法家协会的会员。

在创作之家一楼的前厅里，我和梁上泉先生坐在沙发上，他接受我的访问：《小白杨》的创作经过和他的有关经历。那是北戴河海滨一个安静的晚上，梁上泉用他四川话味较浓的普通话和我聊了好久。湖南作家樊家信也在旁边陪着。

梁上泉 1931 年 6 月出生于四川达县。1950 年面临着高中毕业考试的他，背着家，放弃了考试，当上了解放军。在川北军区文工团当创作组长。1951 年，梁上泉调到了西南军区公安部队文工团创作组，1955 年 3 月调到北京，在军委公安军委文工团，1957 年 11 月，他转业到重庆歌舞团。梁上泉的爱人浦心玉年轻时是达县地区文工团的副团长，是台柱子，两人结婚后经过八年的两地分居，直到 1963 年才调到一起。梁上泉在重庆歌舞团干到 1982 年，才调到重庆市文联当专业作家，现在担任重庆市作家协会顾问。

在部队干了八年，梁上泉对军人有一种天然的亲切感，一有机会，他就往部队跑。他刚调到文联的 1982 年，总政治部组织一些地方作家到新疆，也请了梁上泉。梁上泉“打起背包就出发”了。他本可以坐飞机飞到乌鲁木齐，但他选择了坐火车，先到兰州，再从兰州到乌鲁木齐。看到车窗外茫茫大戈壁无穷无尽，海市蜃楼常在眼前出现，而难见一星绿色，令梁上泉感慨良多。梁上泉有个习惯，他多年写作，深入生活，总是选择步行或是走得慢的交通工具。他引用纪伯伦的话说，乌龟比兔子更多地领略路边的风景。坐飞机只能看到蓝天和白云，徒步能知沿途的民情风俗。到新疆坐火车要走近一星期，这一星期能了解多少生活啊！在创作之家，浦心玉老师有次与我爱人聊天，说是有次梁上泉到西藏深入生活，徒步在原野上行走。这时有辆吉普车开过，车上连司机一起有四个人，还空一个坐位。车上人看梁上泉背着背包走得辛苦，就要带着梁上泉一起走，梁上泉谢绝了，他说他要看原野上的风景，了解沿途的风俗。吉普车就先走了。没想到第二天听人说，那吉普车出了车祸，连车带人冲进了金沙江，四人都死了。我爱人是在我采访完了梁上泉之后告诉我这个故事的，我听了后捏了一把汗，梁上泉呀梁上泉，你真是命大！但我对梁上泉的深入生活的观点更佩服了：是的，要多看多问，能徒步就不坐汽车火车，能坐汽车火车就不乘飞机，让我们更多地亲近大地，亲近人民。

1982 年 8 月 1 日是建军节，乌鲁木齐军区大阅兵，梁上泉赶到了。新疆的白杨树很多，梁上泉看到公路边的一排排参天白杨，翠绿威风美丽，站得笔直，给人一种壮美的感觉。当看到阅兵场上战士的队伍，一个方阵又一个方阵，一条直线又一条直线，绿军装，严整的队形，梁上泉的感觉就上来了，这不是一排排的白杨树么？白杨、军人，在随后的东疆南疆北疆的旅行中，在喀什、伊犁、吐鲁番、塔里木等地，这两个形象一直在梁上泉的脑子里出现。回到乌鲁木齐，梁上泉写了首朗诵诗《林带阅兵曲》，给部队战士朗诵，受到了欢迎。在新疆只安排一个月时间，梁上泉提出希望延长一个月。部队领导答应了，但有意将了梁上泉一军：延长一个月可以，但梁上泉必须为部队写一首歌词。梁上泉有些歌是很有影响的，比如他 1956 年写的《茶山新歌》流传很广，写采茶女对军人的爱慕，打破了写部队爱情的禁区。此歌很快流传到港台，台湾改成《茶山情歌》，香港改成《茶山姑娘》，很多人唱。这支歌后来在“文革”中成为梁上泉的罪状，说他用歌词来瓦解部队斗志。奇怪的是，当歌词抄出来贴在大字报栏批判时，很多人把歌词抄在笔记本上。梁上泉还写过《峨嵋酒家》，由阎维文唱出，得了大奖。梁上泉答应，他要为解放军写一首歌词，这歌一定要写好，要传唱得开，要雅俗共赏，要有深情又要美。

梁上泉离开新疆时，他答应写的歌词没有写出来，但那种情感在他胸中储藏着滚动着，他在寻找一个角度一个突破口，或者一星点燃激情的星火。

1983年7月，中国音乐家协会组织一批歌词作家到内蒙古和大兴安岭等地采风，梁上泉又出发了。他随着作家们到了呼伦贝尔，在中苏边境，看到我们的战士在岗楼站岗，下岗后抱着吉他唱歌，还养猫，生活过得十分的充实。那天，梁上泉看到了一个场景，心里一动，就走进了场景。哨所岗楼水很珍贵，一个战士捧着他的军用水壶走近哨所旁的一棵小树，用水壶里的水给小树浇洒。梁上泉走近去问战士，你浇的是什么树呀？战士说，小白杨。战士还说，这小树苗是他从家乡带来的。

角度找到了，突破口有了，一簇灵感的火星点燃了梁上泉胸中的激情，在新疆积累的生活立即出现在他的眼前。梁上泉急急回到房间，20分钟后，歌词《小白杨》写出来了。

"一棵呀小白杨/长在哨所旁/根儿深干儿壮/守望着北疆/微风吹得绿叶沙沙响/太阳照得树叶闪银光/来……来……/小白杨小白杨/它长我也长/同我一起守边防。"

"当年离家乡/告别杨树庄/妈妈送树苗/轻轻对我

讲/带着它亲人嘱托记心上/栽下它就当故乡在身旁/来……来/小白杨小白杨/也穿绿军装/同我一起守边疆。”

《小白杨》歌词发表后，士心谱了曲，阎维文一唱，立即传遍军内外，流行很广。1987 年建军六十周年时，总政治部给全军发文件：全军必唱八支歌，除了《三大纪律八项注意》、《解放军进行曲》等老歌外，《小白杨》是必唱的八支歌之一。《小白杨》和梁上泉的另两支歌《茶山新歌》、《我的祖国妈妈》还被选入了我国高等师范院校的音乐教材。

怪不得在联峰山公园内，部队领导和战士听到梁上泉是《小白杨》的作者时，对他是一片尊敬之情，一定要帮他找到丢失了的孙子。《小白杨》这支歌，在部队里人人都要唱，是梁上泉在解放军中的一张名片。说到这里，梁上泉给我说了又一个使我十分感动的故事。

梁上泉的舅兄，即浦心玉的哥哥，在武汉的湖北美术学院当教授，舅兄当年与他在四川达县高中同学。前两年，梁上泉在北京参加完全国七届人大代表会，决定到武汉看望年老有病的舅兄。他到武汉的车票刚好是参加完人大代表会的湖北代表团返回的车厢。他拿着票先登车，进了他应进的软卧包间，放好行李，坐着休息。这时一位军人走进包间，梁上泉一看，此人是个将军，那肩章的金星告诉了他。军人的车票也是这个包间，他放行李，摘下军帽挂起来，与梁上泉打招呼："你不是我们湖北代表团的吧？"梁上泉答："我是四川代表团的，开完会顺便到武汉看望亲戚。"

两人就聊了起来，军人说：你是干什么工作的呀？梁上泉说自己是个作家。军人听后"哦"了一声，接着问：你写了些什么作品？梁上泉是出过25本诗集的诗人，他就报了几部诗集的名字，军人尽是点头，客气地"哦、哦"着，看来他没读过梁上泉的诗。梁上泉又报了自己写过的几部电视剧的名字，如《神奇的绿宝石》、《媚态观音》、《大巴山游击队》等。军人听了仍然只是客气地点头。这时，车厢的广播喇叭正在放音乐，一支歌放完后，播音员说：下面请欣赏《小白杨》。梁上泉听了，随口一说，这支歌是我写的。

军人在与梁上泉聊天时，手里在解军上衣的扣子，准备脱上衣的。当听到梁上泉说"这支歌是我写的"时，怔了怔，立即把解开的扣子系好，把挂起来的军帽戴到头上，在包间里"啪"地来了个立正，向梁上泉敬了一个军礼！军人握着梁上泉的手说："谢谢你为我们军人写了一支好歌。"梁上泉说，这位军人是驻湖北某地的一位军长，临分别时，一再欢迎梁上泉到他们部队去做客。

啊，梁上泉老师，你的故事把我和樊家信说得一愣一愣的。是的，诗人梁上泉，写了那么多的诗，写了那么多的歌词，还有电视剧，人们记住了他。而他的一支《小白杨》，像一缕春风，将永远在人们心头吹拂，给人们带来理想带来温馨带来深情带来美的享受。

《小白杨》歌词发表时，梁上泉只得了 50 元的稿费。而《小白杨》被制成磁带，制成 VCD 碟子，把正版与盗版都算上，那个数目就无法统计了。

梁上泉老师没法计较这些，他像小白杨一样，绿叶闪银光。

烛烬笔折悼苏群

1994年9月8日上午，我与刘耀仑、吴大洪一起代表长江文艺杂志社到医院看望病中的作家苏群。他正卧床吸氧。他伸出手和我们一一握过，说了句：好朋友来了！我那时看到他眼睛有些涩涩的了。他鼻孔里塞着吸氧的管道，手不时地抚着胸部，可以看得出，他正在经受肺癌的痛苦折磨。

离开他的病房时，我只乞求出现奇迹，让他熬过这一关，再活几年。

9月9日上午上班，一会来了消息，苏群已于早上8点去世了，享年68岁。

听到这一消息，我坐在办公桌边，呆呆地什么话也没说，我在想着他，心里默念着。

省作协机关的同志喊苏群，都喊他老蔡。他叫蔡明川，苏群是他写小说的笔名。

1973年，我大学毕业，分配到《长江文艺》（那时叫《湖北文艺》）杂志工作时，老蔡正是我们现在这个年龄，40多岁，正值壮年。那时杂志刚刚恢复，老蔡是杂志的小说组组长，非常精干与潇洒的一个中年人。这多年来他给我的印象是，工作能力极强，说的河南腔普通话，但那话有条理有见解决无废话。他与各地的作者关系极好，发现苗头，组稿，改稿，快速而见成效。我省“文化大革命”后新起的一批中青年写小说的作家，可说很少没有受过他的帮助与扶持的。我记得女作家沈虹光写小说之初，老蔡主持刊物，一连推出她的三篇小说。叶明山、楚良、映泉、李叔德等一大批作家的出现，他都浇注了心血。

他的工作态度，给我们年轻人作了很好的榜样，对我们起了一种潜移默化的作用，他很少对我们说应该这样应该那样。那一年，我和他一起到五峰县参加一个笔会。我那阵子患失眠症，一连几个晚上睡不着觉，白天头是晕的，根本不能工作。老蔡一个人把十几个作者的稿子看了，还一个一个谈意见指导修改。当我们从五峰返回武汉时，提包里的一批成品稿子沉甸甸的，那是老蔡日夜辛劳的结晶啊！到现在，我脑屏幕上映现老蔡的影像是，他抽着烟，握着笔，伏在案上，静静地看稿，不时地用笔在稿上改个字或作个记号。他没有言语，但他的这种影像，却是最好的语言，是他一辈子编辑工作的写照。他无意作楷模，但他是我们最好的楷模；他无意作老师，但他是我们最好的老师！

老蔡 1949 年 4 月参加革命，《长江文艺》杂志创刊时他就作编辑。在离休的前几年，他成了湖北省作家协会的党组成员、副主席。离开编辑岗位后，他就潜心于专业创作了。

搞创作的老蔡就是苏群了。这几年他是丰收的，几乎一年一部长篇小说，出版了《大别山人》、《风雨编辑窗》、《孤岛即将沉没》、《圈套与花环》等多部。《圈套与花环》被改编成电视连续剧在中央电视台播出，中央人民广播电台还连播了他的两部长篇。《风雨编辑窗》获我省首届屈原奖。我的父亲在乡下种田，他来武汉看我时，至少有三次碰到老蔡并聊过天。后来老蔡见到我，就说：我与你父亲是同年的。说这话时，他脸上有种亲切的笑容。

我父亲是农民，他种田收获的是谷子。老蔡他当编辑，当作家，也是种田，他收获的是作品，是人才，还有作者读者对他的无尽怀念。

编辑秉烛，烛已熄；作家握笔，笔已折。但苏群这个名字，将永远活在我心里。

钓徒花匠作家鄢国培

以洋洋200万言的《长江三部曲》而蜚声文坛的鄢国培，对钓鱼养花，颇有研究。

湖畔塘边，他常常执一根钓竿，一动不动端坐着。蓦地，钓竿一提，银线就拉起一条活蹦乱跳的鱼儿。欣喜么？满足么？且慢，鄢国培的钓竿拉的是鱼，也不是鱼。结构的架设，人物的形成，细节的闪现，语言的安排，都曾咬过鱼钩，都被他拉起，这才是他的收获。《长江三部曲》的第一部《漩流》，主要的情节和人物，大多是在这种环境中孕育的。1979年夏，作为一个在长江上跑船的水手，被邀请参加一个笔会。在当阳玉泉寺，他正在写《漩流》。有人看他常拿根钓竿，斜躺在草坡上，像位老僧，怀疑他写不出来。但他写出来了，而且取得成功。有一次，他正在凝神遐想，突然鱼儿咬钩，把钓竿拖入水里。同钓者惊呼，他奋不顾身扑入水中，救回了钓竿，大鱼跑了，他却弄了个浑身水淋淋，传为笑谈。1983年春，在枝江化肥厂招待所，鄢国培正写《长江三部曲》第三部《沧海浮云》。招待所后院有一土塘，春草掩映，塘边经常见他凝神的钓竿。最后，塘里的鲫鱼硬是被他钓净了。同行者啖其鱼汤之鲜美，他却品其文思之甘醇，各取所需。

趣哉，钓徒作家。

巴山客寓所是鄢国培在武昌东湖的居所。何谓巴山客？鄢国培乃四川人也！推开纱门，一股馥郁的清香充盈室内，凡新客到来，鄢国培就会兴致勃勃引客人到阳台，介绍他的十几盆月季。这盆是伊丽莎白，这盆是白天鹅，那盆是五彩缤纷，还有扶桑、石蒜、雀梅等，真可说是个小花园。“你怎么养起花来了呢？你养这些花有时间吗？你如果外出写作，这些花怎么办？”赏完了他的花，进入他的写作间后，客人连着发了三个问题。他微微一笑，侃侃道来。写东西的人应该兴趣广泛些，业余生活才会丰富。养花种草，是-种文明的爱好，可以陶冶性灵，可以赏心悦目，触发人的美感，令你神驰遐想。此时的脑海，只有色彩的变换，形体的闪现，疲倦、郁忧、愁闷一扫而空，思想立即变得畅快，灵感之火熊熊燃烧。再回屋去吧，一种神力让你伏案疾书，笔力矫健。他接着说，种花木用不了多少时间，给花施肥、浇水、培土、修枝，也是一种劳动，搞文字工作的，可以做到劳逸结合。如果外出，阳台上的花就委托给楼上的一位朋友照看。鄢国培最喜欢的花木是松、君子兰和梅花。他的一盆君子兰高达尺许，是他的珍物。他的《长江三部曲》

就是在这种环境中打下最后一个句点的。鄢国培的赏花高见，令客人惊羡不已。

美哉，花匠作家。

(附记：鄢国培后来担任了湖北省作家协会主席，但钓鱼养花兴趣不减，只是工作忙了，垂钓的机会比过去少多了。1995 年 12 月 22 日，鄢国培在回宜昌的途中出车祸去世，此文留给我不尽的记忆。)

无怨无悔刘富道

毫无疑问，刘富道是湖北新时期短篇小说创作第一人。当《眼镜》获全国第一届短篇小说奖时，他如一颗新星升起在湖北文坛，当《南湖月》再次摘得全国第三届短篇小说奖时，这颗新星已变作十五的月亮遍洒光辉了。那时他是一名军人，红帽徽红领章威武敦实的军人，参加省市文学界的一些聚会，我看他时总生敬仰之情。富道到北京参加中国作协文学讲习所的学习，这是粉粹“四人帮”后的文讲所一期，同期学习的有蒋子龙、王安忆、张抗抗、叶文玲、竹林、王小鹰、韩石山等，都是后来驰骋文坛的人物。谁能说得清呢？刘富道如果不从部队转业，他定能从月亮变成太阳，现在说不定领个少将衔扛在肩上；他如果不分心，沿着《眼镜》、《南湖月》和获全国五四青年文学奖的短篇小说《直线加方块的韵律》延伸下去，他与从那届文讲所走出来的同学是比肩的，称他是当代短篇小说大家也是无愧的。

富道后来就成了我的领导，20 世纪 80 年代中，他到湖北省作家协会担任党组副书记、副主席。省作家协会是个厅级单位，组织全省作协会员创作，发展湖北文学事业，办好文学杂志，还有机关里几十号人的管理、升迁及各种事情，是够他这个二把手忙乎的。他除了管行政这些事，还兼任文学院长、大型文学杂志《长江》的主编。他看了许多年轻业余作者的稿子，为他们写序写推介文章，在《长江》上推他们的作品，现在的傒晗、古清生等是得力于他的推举的。一个人的精力是有限的，当富道将自己的大部分精力用于组织和培养人的工作，他自己的创作自然就得放一放了。我说的他的分心，就是指的这些事。虽然在他担任作协领导期间也写过不少作品，也出版了几本书，写全国民警模范邓泽顺的《人生的课题》也获过全国报告文学奖，但我们没看到他新的《眼镜》、《南湖月》这样叫响全国文坛的作品。富道为湖北文学的发展而牺牲了自己的创作，这也是毫无疑问的。

富道并没有后悔，从他的许多随笔文章和与朋友们的交往聊天中，没有说过后悔。2000 年 4 月，富道退休，离开他坐了 15 年的办公室。他是有好多写作计划的，现在无官一身轻了，他又可以收心回来一心一意写他想写的东西。退休的第二天，他背着挂包，乘公共汽车，到图书馆查资料，在故纸堆里钻研，在汉口大街小巷考察采访，每天早晚在电脑前敲字，只一年，他写出了 32 万字的《天下第一街・武汉汉正街》，由解放军文艺出版社出版。这是一本文学的书，又是一本历史的书，他勾沉史实，考据史料，在历史与文学之间融会贯通，写出了他的发现与学识，为汉正街镌刻了一部历史碑铭。由于阅读者众，这本书又修订出了第二版。随后，富道还写了一些散文小说报告文学，同时也在埋头写他的另一本书《汉阳事件》。汉阳一中是武汉近郊汉阳县的中学，1957 年 6 月 12 日至 13 日，因为初中三年级学生为提高升学率而自发地闹了一次学潮，被当作有组织有计划的反革命暴乱。这次事件震惊中外，当时有 3 人被判处死刑，有 70 多名师生蒙受不白之冤遭到惩处。这是一起惊天冤案，那时刘富道在汉阳一中上高中一年级。几十年来，刘富道心中埋藏的写出这一事件，为冤魂平反的愿望终于实现。他说："这部书写了七年。为了让我的灵魂得到安宁。作为一名中共党员，一名中国作家，我没给这些名份蒙羞，我尽到了一份历史的责任。七年光阴，加上精力，加上泪水，加上其他付出，得到的总和是一个字：值。"

2011 年春天，当我读到《汉阳事件》这部 42 万字的充满了荒谬充满了血泪的真实记录时，我的心灵被深深地撼动了。感谢党为这一事件平反，感谢富道以 7 年时间艰辛地写出了这一事件的真相。富道，我为你退休之后写出的这两本大书而尊敬你，你的文学人生当无怨无悔。

刘醒龙的贺年片

陆续收到不少贺年片，那些吉祥的祝辞，令我愉快。

作家刘醒龙写道："谢谢三百六十五个关照！"这话令我心里一动，温馨向周身弥漫。我不是说我对刘醒龙真的有多少关照，在刘醒龙的创作上，假如他当年从英山起步时，我和我服务的《长江文艺》月刊对他有什么帮助的话，那也是应该的。他的中篇小说《秋风醉了》最早向我谈故事时，我就叫他快写，写出来后我立即签发了，使得此稿与他的《村支书》、《凤凰琴》成为他的代表作，被多家杂志转载。后来上映的电影《背靠背脸对脸》，正是根据《秋风醉了》改编的。刘醒龙在《长江文艺》发表过不少中短篇小说，获过《长江文艺》的奖项，这其实对我和我服务的杂志也是一种关照。

我写这些决不是表白什么，而是写我读到刘醒龙的祝辞时的那一刹那的感觉：关照。是的，我们太需要关照了，我们需要友谊，需要一份真情一份爱。随着经济大潮的到来，人们的商品意识越来越强，人与人之间的交往，金钱、利用的成分增多了，而人情与爱心似乎越来越淡薄了。有人落水，站在岸上看热闹，救人？给多少钱；看到歹徒行凶，赶忙弯路，把脸车到一边，少惹是非，保住自己的平安要紧。周围的人有困难，明明可以帮助一下，但干吗要帮助他呢？帮助他有什么好处？没有好处的事做了何益。人们啊，怎么这么生分了？怎么这么没善心了？怎么这么没同情心了？让人与人之间，少一分麻木，多一些关照吧。

关照，不是停留在口头上的两个字，是人的一种教养，一种品质，一种档次。你可以没有多少财富，你可以能力不大，但你拥有关照别人之心，就是一个有教养有品德的人。缺爱人之心，缺少关照之心的人，虽是大款，虽有很强的能力，甚至位列高官，但仍然是一个人格不完善的人。西装革履，文质彬彬，见人握手，腰肢微躬，口里说着“请多多关照”的场面我们见得多了。但要人关照，首先自己要关照人。口说关照，实际上只要人家关照你，自己却不关照人，更是可鄙自私的了。

让我们每个人在日常生活中，尽自己的能力关照别人吧！唯其如此，世界就进步，社会就前进，人间就会充满了更多的温暖。世界才会变得更美好！新的一年，愿我们每个人都付出三百六十五个关照。

不赶热闹的周涛

诗人、散文家周涛在一篇文章里说："真正公正的准则，永远不会来自所谓文坛，而是来自民间，来自读者个体的判断。"周涛这里所说的是对文学作品的判断。

读到这句话时，我心里一震，这家伙语出惊人，敢于藐视文坛，道出实情，其勇气可佩可嘉。只是可惜像他这样头脑清醒而又敢于将真话写成文章公开发表的人太少了。他们明显有别于那些庸庸碌碌，满足于写出一些迎合时尚世俗而获所谓文坛叫好的作品的作家。

历史将证明，现今一些被文坛炒得沸沸扬扬的东西，不一定有生命力。

我们要更多地面向民众，寻求读者个体对我们作品的评价，人民对我们的作品说好说坏，那才是真的判断，那才有价值。

文坛上总是热闹的，总有热闹的作品热闹的作家。文坛上有专门设计操作方案，使某一流派某一作家某一作品热起来的人，这种人巧舌如簧，他们受一批欲借其力量热闹起来的报刊与作家的簇拥，南来北往，把文坛弄得五颜六色，眼花缭乱。但是过不了几个月时间，热闹劲一过，文坛就落满彩色纸屑，随处扔的是一次性饭盒水杯易拉罐的残骸，就像散过的宴席或舞会，参与者打个饱嗝快乐了一宵，事后什么也没留下。热闹劲过了的作家的作品，好比前些年市民手里的各种过期票证，留到今天或者好玩，或者干脆弃之纸篓。而在文坛上可能热闹不起来，很冷清的作家，如果在读者个体中得到知音，引起共鸣，拥有一批热爱者，有时不一定写得很多，但这些作家的作品是有真价值的。这类作品所能释放的精神能量，肯定会超过那些五颜六色的肤浅的东西。

周涛是我的朋友，诗和散文写得都好，特别是他这些年的散文，雄劲苍茫，内在的力量撼人。周涛说这几句话，是他得知他的一位朋友，手抄了一本他的17万字的散文集《稀世之鸟》后。那是需要何等的心劲啊，青灯黄卷，字字心血。而且他的这位朋友与他同住在乌鲁木齐市，本可以向周涛要一本的，但却一字一字地抄。周涛是幸福的，他拥有这样的一位读者的热爱。我认为此举超过了所有的评价。周涛说这是社会给他的一份最高奖，这奖掺不了假。周涛说，他的这位朋友并不一定喜欢他这个人，却说："不管周涛那个人怎么样，我佩服他的作品。"

周涛，和像周涛这样在普通读者中寻求知音的作家，是有不少的。他们基本上不在意文坛对自己是怎么评价的，埋头写自己的东西，他们和人民在一起，和读者在一起，他们是有出息的作家，他们是不赶热闹的作家。

节水模范贾平凹

水是一种资源，这资源在中国的分配，是极不平衡的。多水的南方，江河湖泊多，人们把水不当回事，谈不上珍惜，如遇汛年，比如 1998 年的大抗洪，人们对水就是诅咒与痛恨了，那时希望水少一些方好。

但是，中国西部的一些省份，那里的水奇缺，别说种庄稼用水，人畜饮水都困难。西部一些地方贫困，与缺水关系很大。为了水，人们苦苦煎熬，攒下一点雨水，人饮用牲口饮用，用处多啦！为了争水源，村与村发生械斗而流血死人，小说和电影《老井》说的故事一点都不夸张。

除了西部外，我国还有一些城市也缺水，北京、天津，那水的使用就得要十分的节约，浪费不得。国家有南水北调的大工程，把湖北丹江的水利用渡槽和运河的形式调到京津，那花费那艰巨是可想而知的。我曾在湖北枣阳看到过调水的渡槽，大地上许多的水泥柱子托起长龙一般的流槽，遇到低洼的地方还需要用动力把那水提升起来。

这样说来，水是十分重要的。据媒体说，我国缺水或严重缺水的地区的比例是很大的。节约用水，我们为什么不多提倡呢？

节约一粒米一分钱的口号我们很久没提了，节约一滴水的口号是不是应该再提出来呢！我写以上文字是缘于作家贾平凹的一件轶事。那文章好像说平凹小气，朋友进卫生间拉尿，贾平凹也跟进去了。朋友拉完尿准备拉水箱冲厕，平凹即拦住，也上前挤出一泡尿。完了后，平凹喊客厅其他朋友，叫他们有尿快进来拉，完了他好拉水箱冲洗。拉一泡尿放一箱水冲实在是太浪费了。别人笑贾平凹小气，我却笑不起来。因为我自己有些生活习惯与平凹相同。这放水冲厕所的习惯就与他一样。我还经常用桶子把洗衣机漂完衣物放出来的水接起来，留着冲厕所。为什么不这样呢？恐怕不是为节约那几个水费钱，而是因为水，即使是一桶水，也是资源啊！

在不影响生活质量的情况下，能节约而不节约是不好的习惯。从作家贾平凹的这件轶事，我认为贾平凹是节约用水的模范，我们应该向他学习。

封面上的奇文

1995 年 4 月号的《四川文学》封面，是我很少见到的设计。在一幅小黑白画的上方，用 2/3 的版面发表了贾平凹的一篇 900 字左右的文章。文字与黑白画和谐地配在一起，挺别致的，效果显然比那些大红大紫美人图之类的要好。

我现在写这篇短文的原因，一是期刊封面干脆发表一篇文章使我觉得新奇，一是贾平凹的这篇文章所写的内容使我更觉得新奇。

贾平凹文章的题目叫《水不淹书》，文风质朴一如以往，仍是大家手笔。对于贾氏的散文，我是很喜欢的。《水不淹书》写了两件事，都发生在 1993 年。第一件事是他把《贾平凹自选集》百余册堆放在家里的地板上，出门去忘了关水龙头，回来后发现水漫了房间，地板上的东西都被水泡了，而书堆周围有一匝竟是干的，书安然无恙。第二件事过程也如此，他将《废都》原稿放在墙角的地上。这次水漫得更厉害，连楼下也被渗下来的水淹得不成样儿。他走进门，水深脚面，有报纸和一只拖鞋在厅里转悠。他第一个念头是《废都》原稿完了。周围的报纸泡得提不起来，“但《废都》却好，六七寸高的一摞稿纸一张也未湿，抱起来放在桌上，墙角就显出一个白白的方块。”

这真是令我感到十分惊奇的事情，贾平凹自己也觉得奇怪，所以才写出来。贾氏曾写过一些神秘氛围浓郁的小说，从禅学的角度观照人生和人的命运，比如他的那组《太白山记》的短篇。但《水不淹书》不是小说，是作者自己的记事。作者写这篇文章，决不是故弄玄虚，目的是为了让人从中悟出点什么来，作者在文中让王先生说：“八卦上讲艺书为离，为火，水火不相容吧。”可为我们解读这短文提供一些思绪，其意义自不必说。

我写这短文的目的倒是另有所求：其一，让更多的读者先知道有这篇奇妙的文章（这文章会收入贾平凹的集子中的），先睹为快；其二，假如贾平凹为了表达自己的禅悟而编造这两件事的话，就是很不应该的（我相信他不是无中生有的编造），这不是小说；其三，这两件事情是真的，但怎么解释这种现象呢？希望有能人作出解答。

生活中确实是有许多事情是解释不清楚的么？

《文化苦旅》封面上的小鸟

余秋雨先生的散文蕴涵深邃，文化味浓，风采斐然，是大家手笔。对余先生的散文，我是见到就读，他的散文文集也是见到就买。

那是余秋雨的《文化苦旅》刚刚出版的时候，我曾四处寻觅此书不得，新华书店和街头书摊均不见。后来从武钢的一位朋友那儿借到此书，如获至宝，燃灯夜读，跻身于余先生营造的文化之旅中，如行在山荫古道，别有一番享受。《文化苦旅》是我欲藏之书，但朋友的藏书我又不能据为己有，只能还他。我等待着此书的再次刷印。果然不久，此书再次刷印，新华书店与书摊摆出许多，我买了一本，虽说是第四次印刷的，且定价比首次印刷的贵了许多。

我买到的这本《文化苦旅》是本宝贵的本子，发现其宝贵是在几天之后。我的一个写诗的学生特地买了本《文化苦旅》送我，我把两本书摆在一起时，就突然发现了我自己买的《文化苦旅》的奇异。奇异在哪里？我发现我的一本封面上多了一只小鸟。怎么回事？我再细看，原来是印刷工人在制封面压膜时，将一块褐黄色的薄塑纸片压进去了。这块薄塑纸片如一只飞翔的小鸟形状，这只小鸟就永远地留在《文化苦旅》的封面上了。封面原本是深蓝的天，深蓝的天下是无尽的沙丘和沙丘下的沙路，现在添了一只快活飞翔的黄褐色的鸟，变得广漠中有了生命的穿行，壮阔中有了灵动的游走。我久久地把玩着，体验着造物主无意中给我的收获。

后来，我的一个写小说的朋友刘醒龙来家见我书架上的两本《文化苦旅》，让我送他一本，我将写诗的学生送我的那本给他了，留下了有小鸟的一本，珍藏着。收藏者有的收藏错版邮票，有的收藏错版人民币，我很高兴我收藏了这么一本宝贵的书。

文化苦旅，慢慢长途，学子旅人在艰难地跋涉着，这时从沙丘那边突然飞来一只轻灵的小鸟伴着你，使你的旅途少了许多的寂寞与孤单，你能听到小鸟的歌唱吧！

鹤峰淘书记

20 世纪 90 年代初，那是个夏天，时任湖北省作家协会党组书记的毕志伦领着一批作家到恩施鹤峰县，在崇山峻岭围着的县城蓉美镇开民族文学笔会。我是第一次到恩施，那高峻的山，那艰险的盘山公路，那古朴的吊脚楼，令我无限的惊奇与向往。笔会安排很紧，头三天连气都没喘就翻山越岭到土苗山寨采风参观，在篝火边跳摆手舞。第四天开始由作家讲课，我与这作家早说好了，他讲课我可以不听，我讲课他也可以不听。

我不听别人讲课，就自己安排。我首先要去的地方是书店。过去我每到一个新地方，总要到书店里逛，特别是偏僻的小地方书店，总能淘出几本书来。有一年到凤凰，在沈从文《边城》里写到的茶峒小镇书店里，我淘到过一套三本的《宋人轶事汇编》，中华书局出版，只 3 块多钱。书店里只进了这唯一的一套，让同行的於可训羡慕不已。这次到鹤峰，我有一种预感，我会淘到几本好书。早饭后我去街上找新华书店，经人指路，下了40多级台阶，到了书店门口，但书店关门，还没到上班时间。我等到8点半，那门才开。进了书店，只有一个营业员，没什么顾客。我的眼睛在那一长溜柜台书架上扫瞄着，结果是失望。那都是传奇武打和新近出版的书，装祯堂皇耀眼。看中一两本想买，再看定价，都是8元10元的，就不买了。你这书也就这样，有也可无也可，而且这么贵，我不买可以了吧，由你在书架上摆着贵去。

书店的一个角落，用柜台围成了一个圈子，五六个书架塞满了陈旧脏黑的书，旁边挂一牌子，写着：优惠价30%。心中大喜，这正是我要找的地方，可惜的是这个圈子锁住了。问店堂的服务员，说是那人还没上班。问什么时间来？答不知道。我一定要进这圈子去翻那书，那里肯定有我想买的书。于是我就等着，到10点钟，还不见人来。想那人今天大约不来了吧，决定先回宾馆，明日再来等吧！

于是就叹口气朝回走，爬那40多级台阶时，遇到了参加笔会的时任恩施州文化局副局长的女作家叶梅。叶梅后来去了北京，担任《民族文学》的主编。当时叶梅问我干什么，我就对她说了买书的事。她说：走，跟我去。她带我到了新华书店楼上的办公室，找到书店经理。经理一边派人去找那卖书的人，一边向叶副局长汇报工作，无非是新华书店钱少书没人买之类的事。叶梅利用参加笔会的时间，顺便检查县里的文化工作。我沾叶副局长的光，被招待了一听健力宝饮料。

一会楼下有人喊：请刘作家下来买书。

我立即下楼，那圈子果然打开，一个小伙子坐在桌边守着。我进了圈子，立即开始了淘书。我一本本地翻找，生怕漏了好书。翻到满意的一本，心里一跳，一会就将那书柜翻遍，手边已集了好大一摞了。我翻到的书是：(清）闲斋氏《夜谭随录》，岳麓书社；徐一士编著《一士类稿 一士谄荟》，文献书目出版社；(明）洪楩编、谭正璧校点的《清平山堂话本》上海古籍出版社；(宋）方勺《泊宅编》，中华书局；张潮辑《虞初新志》，河北人民出版社；(英）迈位·沙克利《世界野人之谜》，广西人民出版社；(美）雷特蒙·A·穆迪《濒死体验》，上海三联书店；(苏）斯·阿列克茜叶维契《战争中没有女性》，昆仑出版社；(美）杰克·伦敦《热爱生命》，人民文学出版社；(台湾）南怀瑾《静坐修道与长生不老》，三环出版社；秦牧《翡翠路》，上海文艺出版社；周梅森《庄严的毁灭》，江苏文艺出版社。数了数，一共 12 本。看看快吃午饭了，于是算账，才要 16 元多钱。望着这堆书，我什么也没说。我知道这些书的价值。这些书还在我的书架上，如果是现在出版的定价，那要的钱没个三五百元的，怕是买不回。

付了款，正准备走，却看到叶梅也在圈子里翻书，已翻到了好大一摞。今天得感谢她，不是她帮助，这圈子就进不了。如果迟一些进这圈子，说不定我翻到的这摞书中的某一本被别人翻走了。我突然想，这买书也有缘呢，某本书到了你的手上，是有千种万种机会的，绝对是缘分。提了一摞书回宾馆，立即吸引了他们一群人，这些人中有不少书痴。于是午觉也不睡，都去书店翻书。他们回来时，每人手上都拎了一捆书，脸上都露出抑制不住的高兴，纷纷向旁人展示他们所买到的书。

我本来很坦然，因为他们买的这些书，都是被我翻过了的，也可以说是我挑剩的。但这坦然很快被懊丧打破。时任《民族文学》编辑的尹汉胤竟在书店淘到唯一的一本《编辑笔记》，孙犁先生著。对孙犁先生的书，我是见到就买，特别喜欢。这次却让这本薄薄的书从我手上滑过。尹汉胤现在是中国作家协会创联部的副主任，不知他还是否记得在鹤峰淘书的事？

这又是缘分了，我与《编辑笔记》失之交臂。

鹤峰买的书，质量不错，花钱很少，叫作特价书，这是一次不小的收获，不能忘记。

今天又写这小文，让书痴们羡慕一下。

诗歌成就了田禾

作家与诗人因其对文学的追求和痴迷，而决定了自己的命运。这个规律可以在古今中外许多诗人作家身上找到，用到田禾身上，则更是准确无疑。1964 年，在湖北大冶的一个小山村里，有个瘦小的男孩出生了，父母取名吴灯旺，是希望他将来像那粗捻子的罩子煤油灯，更旺更亮些，日子过得更好些。家庭困难，日子似灯旺不起来，男孩初中未读完就被迫辍学回乡种

作者和田禾在一起

地。如果按乡下孩子正常发展，吴灯旺的命运大约就是种几年地后，结婚生子，再过艰难日子，与其父辈一样。或者是因他有点文化，在乡村当个小干部，如记工员、生产队会计之类，如果运气好点调到乡里干点事。农村孩子的命运就是这样。

偏偏这个吴灯旺喜欢文学。乡里有两个懂古典格律诗词的先生，少年的吴灯旺跟他们学古典诗词，居然还写了不少，表现出了浓厚的兴趣。吴灯旺有个堂兄叫吴蒙，在外面工作，见这个小兄弟喜欢古典诗词，觉得不是个路子，就动员他学写新诗，并说写新诗比写古典诗有前途。听从堂兄的教导，少年的可塑性可影响性强，吴灯旺就跟吴蒙学写新诗，吴蒙有一天看到报上登着《诗刊》要招刊授生的消息，觉得这真是一个天赐良机，就让吴灯旺报名参加，吴灯旺成了《诗刊》1985 年第一届刊授班学员。这一学不打紧，吴灯旺立即痴迷上新诗了。他给自己取了个笔名田禾，田禾是写诗的，而吴灯旺是个农民。

农民吴灯旺的命运因为诗而改变了。《诗刊》刊授班指定给田禾的辅导老师，为田禾介绍了湖北的一位诗人饶庆年。饶庆年当时正致力于诗歌的组织活动，从家乡蒲圻离职到武汉任湖北青年诗歌学会的会长。上世纪八十年代中期，那是诗歌的黄金季节，湖北青年诗歌学会旗下的会员达数万之众。没有拨款经费，湖北青年诗歌学会在武昌三官殿村子里租了间小房，把牌子挂起来，把办公桌摆起来，接待南来北往的诗人，举办各种诗歌活动，搞点小经营，以养活自己。田禾从农村到武汉找饶庆年学诗，湖北青年诗歌学会正需要工作人员，饶庆年就把田禾留在了学会。没有工资，小经营搞活动赚的钱只有够得上吃饭与日常开支。田禾留下来了，住在那逼仄的小屋里的行军折叠床上，一边做学会的所有杂事，一边读诗写诗学诗。日子苦，田禾没有怨言，他在这期间认识了湖北的一批优秀诗人，这些人中后来有不少成了他的严师与挚友。在湖北青年诗歌学会的那段日子里，是田禾由一个农民诗歌爱好者蜕变成为一个诗人的重要阶段，他的视野开阔了，他的诗风逐渐形成，他的人生追求也明确了：此生无它，唯有献给诗歌。

诗的热度一天天降温了，市场经济下的诗人分化了，有的下海搞钱，有的停笔不写，有的改写其他门类的作品。湖北青年诗歌学会热闹了一阵子，因种种原因，最后也关了门。学会关了门，田禾就失去了依托的归属。怎么办？摆在他面前的路只有两条，一条是回到大冶农村，去当他的农民吴灯旺；一条是留下，当个都市打工仔，继续学诗，还当田禾。田禾毫不犹豫地选择了后者，在三官殿村租屋，打工谋生。那段日子苦啊，精神上的苦是学会没有的，往日的诗的热闹与氛围烟消云散；物质上的苦，由于没有资本，凭苦力干活赚不了几个钱，常常是过了一天，第二天的饭钱都没着落。田禾骑一辆旧自行车，从三官殿出发，穿过武昌市区，过长江大桥，到汉口武胜路书市进一二十本书，然后给那些摆小书摊子的人送去，这个摊子两本那个摊子三本，一本书赚几分钱角把钱。田禾就靠这几个钱吃饭过日子。在这种困难的境遇中，田禾还坚持着学诗写诗，省市报刊上不时也能见到田禾写的诗。

在艰难的日子里求生存和发展，乡间来到都市的孩子不怕吃苦，不向困难低头，虚心好学，寻找机会，紧紧抓住到手的任何一次机遇，不惜从细小的事情做起，没有后退的路了，只有向前走，哪怕被碰得头破血流。胜利是属于进攻者的，成功是属于奋斗者的。终于。田禾从做给书摊送书，卖挂历卖书，到有了自己的书店，最后成了湖北方圆文化发展公司的经理。田禾成功了，田禾在武汉买了房，有了车，并娶妻生子，安家立业，调进了湖北省作家协会。田禾在都市挣扎奋斗的历史是可以写一篇大文章的，总之他成功了，赚了些钱，有了生存的环境，而且他一天也没忘了写诗。十多年来，他在国内外报刊发表了上千首诗，得过不少诗歌奖，诗作被选入 20 余种诗歌选本，出版了诗集《黄昏星》、《温柔的倾诉》、《在阳光下》、《抒情与怀念》、《竹林中的家园》、《田禾乡土诗选》等，并且参加过《诗刊》举办的第 16 届“青春诗会”。华中师范大学新诗研究中心、湖北省作家协会、长江文艺杂志社联合在武汉召开了田禾诗歌研讨会，出席研讨会的湖北省、武汉市文艺界领导专家 60 余人，对田禾的诗歌创作给予了充分的肯定与赞扬。

湖北大冶的农民吴灯旺因为诗的缘由变成了湖北诗人田禾，他的命运起了根本的变化。但是田禾作为一个人，他的血管里还是流淌着农民的血液，他的心里还装着他的山村与农民父兄，他的性格中那种农民的善良、勤劳、节俭、热心助人，滴水之恩当涌泉相报的美德一点都没变。其他不说，只说他对家乡的奉献，就可看出田禾是个有良心的人。他一年之内，给他出生的那个山村捐助 50 多万元修路修水塔安自来水，解决村民的吃水与交通问题。他还给大冶市教委捐助 30 万元助学助教。田禾的钱赚得不容易，也不很多，自已节俭，但捐给家乡，他愿意。他还连续几年在《长江文艺》月刊设立方圆文学奖，每年出资数万元作奖金。这些都说明田禾作为一个人，是个品位不低的人。

（附记：这是多年前写的一篇文章的第一节。后来田禾又写了许多好诗，并以诗集《喊故乡》获得鲁迅文学奖。如今田禾已是湖北省作家协会副主席、湖北作协文学院副院长、专业作家。是诗歌挽救了田禾、成就了田禾。）

激情老树张永健

2009年，张永健70岁时，他将朋友与学生写给他的诗印成一本名为《有一棵老树》的集子，在序诗中他自喻为一棵老树。

张永健是我的老师。1971年我在华中师范大学中文系读书时，张永健给我们讲诗歌，朗诵郭沫若的《立在地球边上放号》，声如洪钟，激情奔放，给我留下难以磨灭的印象。40多年了，我和他参加过不少文学活动，听他发言，还是那么声音洪亮，激情不减。今年春，我们一起赴京参加中国诗歌学会第三次代表大会，我和他都是中国诗歌学会的理事。晚上他到我房间聊天，谈当下中国诗歌现状，谈中国乡土诗歌，滔滔不绝。我们聊到快深夜12点，我再次聆听老师的教导，仿佛回到40多年前桂子山的阶梯教室里。他从华中师范大学文学院退休后，被汉口学院文学院聘去做院长，每天从武昌桂子山到江夏大花岭去上班，没有专车，早出晚归，可他干得兴致勃勃，还说要请作家诗人去讲课。70多岁的老人，他的精力比年轻人还充沛，令我们这些学生辈的除了佩服外还有惭愧。有一股不竭的激情在张永健身上涌动，这股激情使他在教学、研究、写作与开展文学活动时没有歇下来的时候。他说自己是一棵老树，有不少枯枝黄叶，但我说他是一棵激情的老树，还枝劲叶青。

张永健从教已50多年，他的学生分布全国，在各自岗位干出了成绩受益于他我就不说了，只说他在文学理论、诗歌研究领域里孜孜不倦、辛勤耕耘所取得的成就。《当代诗坛掠影》、《郭小川　贺敬之诗歌欣赏》、《艾青的艺术世界》、《诗神与现实》、《诗神与乡土》等多部论著，凝注了他的心血和汗水，具有很高的学术价值。他还主编或编选了《中外散文辞典》、《中国当代文学辞典》、《中国现代新诗三百首》、《毛泽东诗词赏析》等数十本书。他是个教授诗人，在《人民日报》、《诗刊》、《长江文艺》等报刊发表诗作，出版了《爱是不落的星辰》、《访台诗抄》两本诗集。现在正忙于著述国家社科基金项目《中国当代诗歌流派史》，除了教学、研究与写作外，他有很多时间花在帮助文学青年与组织文学活动上，省内一些作者开作品研讨会，请他参加，他只要有空就一定出席，且对要研讨的作品仔细读过并作好了发言准备，那发言如他写的教案，发表出来就是文章。但凡文学青年找他写序或写评论，他是有求必应，那序和评论都是在认真阅读原文的基础上所写，决不敷衍。有次他为一位作者的随笔集竟然写了 7000 余字的序，他做这些时是不计酬劳的。我这辈子举办的唯一一次诗歌研讨会，是他帮助策划组织的，他把他的硕士生博士生全叫来帮忙，他亲自主持，使得研讨会十分成功。每想起这一切，我总感师恩难忘。他有许多社会职务，比如中国新文学学会常务副会长兼秘书长、中国乡土诗人协会会长、全国毛泽东诗词研究会顾问，湖北省毛泽东诗词研究会会长，他是领头人，这些协会学会每年都要开年会搞活动，还要发论文出书，没有固定经费，都得靠他去化缘筹集。我所知道的中国乡土诗人协会的年会，就分别在婺源、韶山、承德、西柏坡、钟祥、葫芦岛、宜昌（三峡人家）各开了一次。今年他给我打电话，寻找赞助开会的地方，我参谋了几个地方，他最后选在湖北京山绿林山开的，听说很成功。辽宁葫芦岛有个乡土诗人写诗赞他：“神奇的湖北佬//张永健　乡土的庄主//你有九颗头//可你有多少次//为他人出书//你关里关外//风尘仆仆//一天几千里//打出租连跑带颠//坐长途客车/ 热情如注//你忘了你的身体和岁数//也忘了黑夜与白昼//你上书店　买图书//上网络　查出处//你是主编又是责编//又策划又构图……”这诗把他描述得十分形象，是他热心助人激情永在的写照。

张永健还在忙着，他与诗人艾青、臧克家、田间、贺敬之都有较深的情谊，臧克家在题赠他的诗里说他：“凌霄羽毛原无力，坠地金石自有声。”在湖北文学界，大家都说他是个充满激情的诗人学者、乐于助人的老师和朋友，这就是坠地金石的声音。

九死不悔的李德复

李德复的成名作是发表在《长江文艺》1958 年 4 月号的小说《典型报告》，写一位山里基层干部治山引水反保守的故事。作家出版社、上海文艺出版社、湖北人民出版社争着出版，几十家报刊抢着转载，连苏联的《真理报》也译成俄语刊登。人民教育出版社把《典型报告》选进中学语文课本，上海海燕电影制片厂拍成同名电影在全国放映。李德复当时的那个红火，决不逊于当今文坛艺坛的新扎星。

我上小学时从一位大哥哥的语文课本里读到《典型报告》，当时没记作者名字。我 1973 年大学毕业后在湖北省文艺创作室工作，大约是 1976 年，在武昌紫阳路 215 号那个小院进门右手边与女厕所毗邻的小屋里，住进了一个瘦瘦的戴眼镜的中年人。当我得知他是调到创作室当专业作家的李德复，《典型报告》是他写的，立时就对他崇敬有加。不久，粉碎“四人帮”，李德复却受批判，说是要他“说清楚”。后来湖北省文艺创作室恢复为湖北省作家协会，李德复在那个小院里受了三年批判，我当时没批他。1979 年春我结婚时，请他与后来写电影《武当》的谢文礼、《长江》的副主编何帆到家里喝酒。那天德复说了许多话，他献身文学，忠心向党，却一次次地挨整受批。“文化大革命”时他被斗得受不了，曾写了遗书吞安眠药自杀，结果被来抓他的红卫兵弄到医院洗肠，醒了后继续批斗。“反革命分子李德复你想以死叛党叛国，死有余辜!”医院成了批斗会现场。如今“四人帮”倒了，被“四人帮”迫害的他却要说清楚与“四人帮”的关系，真是滑天下之大稽！那时我们从没认为他是反革命，当时省作协机关很多人也是相信李德复是没有问题的。徐迟先生的报告文学《哥德巴赫猜想》出版时，亲自携书到小屋里看望李德复，送他的书上写着“德复同志留念　徐迟”。

李德复先后五次挨批挨斗，忍受了常人难以忍受的痛苦，都是因为他矢志追求文学而引起的。他 15 岁发表作品，到 2012 年 2 月由台湾秀威公司出版 45 万字的自传《九死不悔》，他在文学道路上跋涉了 65 年，共发表作品千余万字，出版著作 30 余种。他第一次挨批是 1951 年，当时他是湖北教育学院戏剧科学生，被派到阳新县姜祥山当土改工作队员。他信奉丁玲的一本书主义，模仿丁玲获斯大林文学奖的长篇小说《太阳照在桑干河上》，写出了长篇小说《太阳照在姜祥山上》，被说成是不好好搞土改，为名利写作，其阶级根源是官僚资产阶级兼地主阶级出身在起作用。于是班上斗全院批，19 岁的他被斗得吐血，住进医院，休学回家。他第二次被批是在华中师范学院俄语系读书时，因为在学生中宣传胡风的作家要发扬主观战斗精神，被打成小胡风分子。第三次被批时他已分配到襄阳工作，因发表的小说《小学里的大学生》，内容与彭德怀反对大跃进的万言书挂上了。第四次被批斗是“文化大革命”，造反派说他的《典型报告》与电影《万紫千红总是春》是大毒草。第五次被批就是粉碎“四人帮”他调到省作协后的“说清楚”了。

1980 年，李德复解放了，他离开省作家协会，调到湖北电影制片厂文学部当主任。这期间他写了五部电影电视剧本和多部中短篇小说等各种文学作品，创作进入了井喷期。突然，李德复丢掉铁饭碗，不要工资不要国家一分钱，到《书刊导报》、《爱情婚姻家庭》去当社长总编辑。他领着一帮人，白手起家，四处打拼，苦苦挣扎，终于把一报一刊办成拥有自己的资产和在读者中享有声誉的媒体。这一段经历在他的报告文学《九死而不悔》中有详细记载，我读时几次泪湿衣襟。德复，你一次次挨整，你眼睛几乎瞎了，你骨折了，你患癌症了，但你却一次次地站立起来，且站得威风凛凛！你著作等身，你拥有荣誉，你不在乎，你在乎的是一辈子对文学的追求。“他是一位自强不息，百折不挠的文学铁人。”有评论家这样评价李德复，我以为很贴切。弄文学，李德复九死而不悔。

毕志伦的另一种写作

毕志伦是个官员，他37岁担任孝感地委宣传部部长，后又担任湖北省委宣传部副部长，湖北日报传媒集团董事长兼党委书记，他是在湖北日报领导岗位上退休的。毕志伦也是个新闻工作者，他出版了《报业管理纵横》等专业书籍，分管与担任新闻部门领导多年，退休后还担任了湖北省老新闻工作者协会会长。但我也要说毕志伦是个作家，理由有三：其一他是中国作家协会会员；其二他担任过湖北省作家协会党组书记，全国第六次作代会时，他是湖北作家代表团团长；其三，他出版了《我的记忆》《解读人生》《志伦心语》等多部著作，除了其思想与应用价值外，行文应是散文随笔文体。

1990年夏天，毕志伦调任湖北省作家协会党组书记。那天中午，我拿着碗筷到食堂窗口排队买饭。前面有个看似小伙子的陌生人，也拿着碗筷排队买饭。有人向我介绍，那是新到作协来的党组书记。这是我与他的第一次见面。他好年轻，他拿着碗筷排队买饭，这个第一印象使我对他产生了一种亲近和信任。他那时从孝感调来，才四十多点岁，一个人住在作协院子里最旧的一幢宿舍楼一楼的两室一厅的房子里，和普通工作人员一样的标准。湖北省作家协会当时单独建制不到几年，条件较差，徐迟、碧野、骆文等一批老作家都还健在，中青年作家刘富道、映泉、叶明山、方方等创作势头正旺。到这样的一个地方担任领导，毕志伦首先明确自己的角色是服务，是文学的“跑堂”。他要当好后勤部长和推动湖北文学航船前行的“艄公”。毕志伦随和，待人真诚，很快就与省作协机关几十号人打成了一片。他带着我和梁必文到鄂南各县调查基层文学创作情况，还组织了一次规模很大的湖北作家老区行活动，到红安、麻城、大悟等老区访问，写出了一批纪念建党 70 周年的优秀作品。现在回忆起来，毕志伦在省作协三年做的工作是具体而扎实的，没有花架子。对一批老作家，他尽可能地帮他们解决生活中的实际困难，虚心上门请教、服务，使老作家焕发了创作的青春。对中青年作家，他团结，交朋友，创造愉快平和的创作环境，还安排作家到基层挂职，让他们的文学之树，根扎得更深，树干更壮，树叶更茂盛。对业余作者，他注重发现，有苗子就重点培养。我那时在《长江文艺》任常务副主编，主持日常工作。毕志伦曾好几次给我推荐业余作者的诗稿。按说我是下级，他可以要求我发某人的作品。但他从不说哪个人的作品一定要发的话。为了发现和培养更多的文学新人，他与党组一班人探索文学体制改革，在创联部试行签约合同作家，开创了我省“签约合同制作家”的先河。

毕志伦在改善湖北作协机关的办公条件交通环境方面，干了三件事：一是在原办公楼楼顶留层上加盖了一间大会议室，使得作家们开会有个地方；二是修建了一幢五层的资料楼，让作家们的书籍和资料有个存放的去处；三是为作协弄了一辆小车，使得老作家们出门或迎接外地的朋友有辆车用用。我记得当时作协只有一辆老伏尔加，跑不动了。毕志伦弄来的车是辆蓝鸟，八成新，是他到孝感凭着老面子化缘得来的。毕志伦在省作协当党组书记近三年，没有发表出版什么文学作品，但是他所做的事情，可说是他的另一种写作。

2004 年 5 月 7 日早晨，我在家中接到一个电话，是毕志伦打来的。他说：益善，你写了一篇好文章，感谢你为我们的母亲唱了一曲赞歌。原来，这天的《湖北日报·东湖副刊》发表了我写母亲的散文《飘在田野上的白发》。他当时已调任《湖北日报》社长，看到我这篇后来收入几个省市中学课文读本的文章，竟专门一早打电话来，令我感动。毕志伦出生在麻城乡下，少年丧父，是母亲和哥哥嫂子抚养他长大成人。我读过他写的一篇长散文《永远的妈妈》。他在文章中写到的失母之痛，以及母亲一生勤劳善良对他的呵护，情不自禁呼出“母亲万岁”时，那是催人泪下的。我理解了他为什么读了我写母亲的文章之后那种心灵的相通和感受了，因为我们都拥有平凡而伟大的乡村母亲。

给毕志伦的身份下结论肯定会有异议，但我宁肯说他是作家。他的另一种写作，成绩是优秀的。

晓苏的故事与短篇小说

晓苏是华中师范大学文学院教授，带民间文学研究生，在全国重点社科期刊发表过几十篇民间文学论文。晓苏是《语文教学与研究》杂志的主编，他在这个杂志社干了二十多年。晓苏是中国作家协会会员，一级作家。

要定位晓苏是个干什么的？我说他是个讲故事的高手，他是个短篇小说写作的高手。

有个文学青年第一次见到晓苏，在网上留文说他像那个唱“妹妹坐船头”的尹相杰。晓苏就是尹相杰那个样子，胖乎乎的脸上甚至露点腼腆，给人一种与灵活不怎么沾边的样子，实际上他有异常活跃的思维与敏于感悟的灵性。他一开口，可就出口成章，妙语连珠了。大凡文人聚会，只要有晓苏，他必讲故事，并伴以朗诵诗或山歌或方言，别人笑破肚皮，他自己却不笑。晓苏有部长篇小说，曾嵌入了他讲的九十九个故事。在我写此文的前一个星期，湖北省作协组织了二十多个作家评论家到恩施采风，男女老少在车上坐着，有人讲了个故事后，声明说这是晓苏讲的。另一位也讲了一个，引起了一车笑声，这位也马上声明，这是晓苏讲的，并说晓苏学的那湖南话，更像，效果会更好。采风活动的主持人突然想起来说，这次怎么没把晓苏请来？遗憾遗憾！是的，晓苏如果去了，我们的采风一定会更快乐。

也是在恩施采风期间，我们去看土司城。土司城依山而建，共有九进建筑。我们爬上爬下，有点累，就在某层的天井边坐下小憩。这层大约是女眷住的，床上摆着大红被面起大朵花的棉被。我正欲说的话，被两位同行者不约而同说出来了：这是晓苏写的花被窝。我们立时因这种发现而会意地笑了。

晓苏是写短篇小说的高手。湖北是中篇小说大省，高手如云。湖北的短篇小说写作，新时期是刘富道独占鳌头，但新世纪则推晓苏第一。晓苏自 1985 年在《长江文艺》发表第一个短篇小说开始，至今已在《人民文学》、《收获》、《上海文学》、《钟山》等全国大小刊物上发表了短篇小说 230 多篇，出版短篇小说集 8 种。短篇小说被《新华文摘》、《小说选刊》、《小说月报》等选刊转载或被全国性的短篇小说年选收入的达数十篇。他的短篇小说获过首届蒲松龄全国短篇小说奖，第四届湖北文学奖，第六届屈原文艺奖，五次获长江文艺年度小说奖。全国当下写短篇小说的高手，就我这个当了40年的文学老编辑来看，北有刘庆邦，南有晓苏，我觉得这话一点也不夸张。

晓苏写过多部长篇小说和中篇小说，觉得不顺手，自己的气质上不来，新世纪之后就一心一意写短篇了。晓苏的短篇小说，分“油菜坡”和“大学故事”两个系列。油菜坡是湖北保康晓苏的出生地，而大学就是晓苏毕业后留校工作的环境了。晓苏所写的故事全部放在这两个环境中。我更看重他的“油菜坡”，那是与威廉·福克纳的“约克纳帕塔法县”和苏童的“枫杨树湾”具有同样意义的地方，是作家选取的一块布景，他们的故事就在这块布景下表演，一片绚丽。

晓苏的小说理论是写有意思的小说，最好的小说是既有意义又有意思。但既有意义又有意思的小说是很难写出来的，那么就写有意思的小说吧，有意思的小说归为感性审美主义，比有意义的小说更有审美价值。晓苏的这个理论，把他这个讲故事的高手与写短篇小说的高手结合起来了。晓苏说，好的小说应该有故事有情节有人物，这样才有可读性。好的小说不仅有可读性，而且还有可讲性，你读了后，讲给一个没读过的人听，他听了也找来读。晓苏的短篇小说就是这样的小说。

我们在土司城说到的《花被窝》是晓苏发表在2011年《收获》杂志上的短篇小说，写了油菜坡一对婆媳的故事，《小说选刊》与《小说月报》同时转载，并进入 2011 年全国小说排行榜，入选的短篇小说共 10 篇，晓苏的《花被窝》名列第四，前面三篇是王祥夫、毕飞宇和铁凝的。

我与晓苏同出华师门里，相交快 30 年了，听晓苏讲故事，读晓苏的小说，真是快乐的事情。

文坛义士王新民

我与王新民都是出生在原武昌县现武汉市江夏区的乡村，他比我小一两岁，我们的交往始于二十世纪七十年代中期。那时我在《长江文艺》当诗歌编辑，他在武昌县电力局当工人，喜欢写诗。我在武昌县招待所看他的一叠诗稿，既是同乡又有相同的出身与追求，从此我们的关系就锁定在朋友与兄弟上面，且几十年不变。

王新民写诗，写得激情澎湃，而且诗句很长，弄得刊物的美编很伤脑筋，排起版来每行都要拐弯。我曾玩笑对他说，诗歌稿费论行计，你写这么长的句子不划算。他则呵呵一笑，说没办法，感情抒发的需要。

“啊长江鲜活的思想大胆的想象瞬间在我的生活中滚滚奔流

长江磅礴的气势英雄的气概瞬间在我的生命中隆隆轰响

一种云涌星驰的节奏开始在我的心海里脑海里搏动

一种风吼雷鸣的旋律开始在我的肩膀上手臂上飞翔

我感到血液在飞速地奔涌胸廓在剧烈地扩张

那云朵般软弱的身体变得像江鸥般勇猛山岩般坚强

……”

在这首《奔向长江》的诗中，王新民的长句子，被诗评家赵国泰称为“大旷野精神”，颇为精妙，这是王新民诗歌创作的特色，他出版了《美丽的阵痛》《颤抖的灵肉》《温柔的小溪》《与缪斯女神握手》等多部诗集诗论集。之后，他转向理论与随笔写作，甚至写了一部长篇小说《梁湖游击队》，新近出版的四卷本《王新民自选集》基本上是他的创作成绩的总结。

王新民的创作无疑在湖北文坛有较大影响，但影响更大的是他做人的义士性格。在湖北文学界，从老一辈的徐迟、碧野、曾卓、骆文，到中年一辈的刘富道、刘醒龙、邓一光、陈应松，再到青年一辈的田禾或更年轻的姜燕鸣、宋小词等，无不是他的朋友，提起他，大家都说这人讲义气，愿意帮助人。他青年时在乡下当农民，吃尽千般苦，到武汉来掏粪，被人关在粪窖里，差点憋死，后被同伴救出；他当过工人，在武昌县电力局，竖杆子拉电线；他做过《武昌报》的文艺编辑，当过文化局副局长，最后调到武汉市作家协会任驻会副主席。王哥，王局长，王主席，这是湖北文坛比他小的人对他的称呼，他笑眯眯地答应。

《长江文艺》《芳草》到江夏开笔会，他是东道主，跑前跑后安排食宿，还要安排业余文化活动，跳舞找舞伴，打牌找角，酒烟不分家，一时没弄到，到他家里去拿。笔会结束，王局长还会给弟兄们弄点土特产带走，什么五里界的粉蒸肉、江夏藠头、梁子湖的正宗武昌鱼等。省作家协会、武汉作家协会也跑到江夏开会搞活动，连姚雪垠、徐迟、碧野、曾卓、莎蕻、李蕤等老一辈都来了，王局长又当东道主，又是跑后跑前，安排食宿，陪着老作家老诗人，满足他们的要求。外地作家如张贤亮，跑到江夏，说他祖父解放前当过武昌县县长；水运宪跑来，说他老家是江夏人，要去考察姓水的村庄。他们都由王新民接待，最后都成了朋友。大家都说王新民这人不错，于是就把他调到武汉市作家协会，这样王局长就变成了王主席。

我个人或与家人过去到江夏，就去王新民家，食宿他安排，或招待所或吃住在他家里，我就像是走亲戚，而且很自然。我乡下家里有什么事，包括我父母去世，弟妹们找工作，告诉他，他都尽全力去办。他调到武汉后，我们再去江夏，他知道了，或赶回江夏陪伴，回不了，他必找原先的朋友或部下安排请吃饭，生怕慢待了朋友。有件事在我是终生难忘。那年我勤扒苦作一辈子养育我们兄妹七个成人，没享受过一天好日子的母亲去世，只活了五十八岁。我悲痛欲绝，办完丧事安排好父亲的生活后，我到了县城，想在兄弟们那里去待两天。不巧，王新民下乡了，当时他是武昌县文化局副局长，他的朋友招待了我。我借酒浇愁，在饭桌上就喝倒了。他的朋友把我送到招待所，晚上王新民从乡下回来，赶到招待所。我见了他，不知怎的，竟伏案大哭，而王新民在房间里陪我默默垂泪，坐到很晚很晚才回家。

几十年过去了，我和新民都退了休，也是兄弟缘分，我们返聘做点编辑工作，同在一个楼层上班，每周都能见到两次，他来我办公室坐坐，我到他办公室坐坐，很是快乐。

这种快乐，是兄弟与朋友相聚的快乐。

散文翘“楚”任蒙

湖北五十年代出生的散文作家中，任蒙的名字可列前茅。湖北目前尚没有获鲁迅文学奖散文奖的作家，但任蒙的《任蒙散文选》2009 年却获得首届全国孙犁散文奖的唯一大奖。2010 年第四届冰心散文奖在北京颁布，《任蒙散文选》又获冰心“散文集”奖。孙犁与冰心是中国当代的散文大家，以他们的名字命名的散文奖，其含金量是毫无疑问的。任蒙是武汉作家协会散文创作委员会的主任，这一头衔他领之不虚。鉴于湖北五十年代出生作家的散文创作及获奖现状，任蒙可说是湖北的散文翘“楚”。

把任蒙定位为散文作家，是近十年来的事。这个出生于 1955 年的湖北广水农村孩子，1973 年当兵，在空军部队由普通士兵干到武汉空军的副团职干部，1986 年转业到地方工作，干过一家报社的副社长、副总编，后到江岸区区委、区人大常委会任职。他早年写诗写杂文，还有文学论文。他的杂文发表的最高级别刊物是 1981 年的《红旗》杂志，他的论《西游记》

的双重价值的论文被中国人民大学报刊复印资料《中国当代文学研究》全文转载，并被收入中国社会科学院文学研究所编的《中国文学年鉴》中。而我原来是把任蒙当诗人看待的。1978 年 12 期的《长江文艺》上发表他的诗作，是他最早发表的诗歌。《长江文艺》创刊 60 周年时出版了一套“60 年作品选”，分小说、散文、诗歌各卷，诗歌卷是从《长江文艺》60 年发表的数万首诗歌中选取的，任蒙的两首诗入选了。任蒙后来又在《芳草》、《湖北日报》、《星星》等报刊发表了大量的诗歌，还出版过两部诗集。任蒙出版了 15 本书，最有影响的第一本书是《诗廊漫步》，薄薄的一本册子，1988 年由北方文艺出版社出版，然后三次重印，1991 年再版，80 岁高龄的诗坛泰斗艾青应出版社之约题写书名。关于这本书，有几个小故事。某大学中文系的一位叫吴虹的女生从校图书馆借阅，被书中的真挚与真情打动，最后衍生出在毕业时谎称丢失，赔了 5 元钱后带着这本小书离校。一个叫黄海卿的青年人手抄了《诗廊漫步》，并且摹制了图案相似的封面，因为他没买到这本书。直到 20 年后，还有一位市民从怀里抽出《诗廊漫步》，请到一个工厂里调研的任蒙签字。这本以诗的语言来论诗的书，“发展了艾青的诗论文体”。古远清教授说任蒙这本书是以诗人的敏锐、杂文家的深邃和编辑家的博识，对中国新诗发展的一些问题作了精辟的分析。任蒙在书中说：“探索人们的心灵，是为了征服人们的心灵”；“生活本身不是诗，但生活里有诗；就像大地本身不是矿，但大地里有矿一样”。虽说《诗刊》、《随笔》、《青年文摘》、《写作》、《新闻与写作》等60余家报刊选载或连载了这本书的内容，称其为文艺理论，但我还是说这本书其实是诗，是以诗论诗。任蒙虽说出版了这本书，但他还是个诗人。

任蒙是以《任蒙散文选》来奠定他的散文家地位的。他这人较低调，我们认识很早，我在《长江文艺》当社长主编多年，他很少找我要发他的稿子。《长江文艺》仅在2005年、2008年、2010年、2011年发过他四篇散文。而他在《人民日报》副刊上发的散文比在《长江文艺》上发的还多。他的散文发表后多篇被《散文诗刊》、《散文海外版》、《中国散文精选》等选刊选本选入。《任蒙散文选》即是这些散文的结集，初版三年后再版。收入集中的《凭吊赤壁古战场》、《历史深处的昭君背影》、《悲壮九宫山》、《放映马王堆》、《伊河岸边的那条小径》等篇，他从历史文化的角度入手，努力从历史哲学层面上开掘，既有独特的感悟，也有精辟见地，具有震撼人心的思想力量。就任蒙的历史文化散文，黄曼君教授与青年评论家熊元义在《文艺报》、《光明日报》发表文章，给予了很高的评价。《任蒙散文选》是他除了《诗廊漫步》之后的又一本最重要的书，这本书记录了任蒙近十来年的脚印。

2011年，《长江文艺》、《长江日报》与完美（中国）有限公司联合举办了一次纪念辛亥革命100周年征文，任蒙以他一篇两万多字的《江城的辛亥秋夜》夺得散文头奖。他感谢评委给他的奖，其实这是他凭实力而获得的。

任蒙在他的散文研讨会上说过：“我甘愿当一个‘低产作家’，认真写好每一篇作品。”这话说得很到位。

马竹写作的坚定与自信

马竹1985年从武汉大学中文系毕业后，就到了湖北电视剧制作中心，他的工作是做电视剧的责编或写电视剧本。二十多年后，马竹编导了电视专题片30余部，为《天堂之门》、《老辙》、《黄麻惊雷》，《梦三峡》等大型连续剧担任责编，自己独立或合作创作电视剧本《山那边是高坪》、《汈汉湖风暴》、《红土情》、《大汉口家族》等多部，还有影视理论文章发表。可这些并没有多少人知道，人们只知道马竹是个写小说的，是湖北青年小说家中很有实力的一位。

马竹是个淡定的人。在武汉大学上学时，他担任过浪淘石文学社的社长，我作为文学编辑参加过他们的一些活动。后来湖北高校一批写诗的年轻人成立南方诗派，马竹是发起成员之一。马竹发表过不少诗，《长江文艺》从1985年6期到1996年2期，共发过马竹的7组（首）诗。马竹还在《芳草》、《长江日报》、《青年诗人》等报刊发表过诗歌。马竹没有公开出版过诗集。马竹写小说，中短篇小说发表过50余篇，多部中篇小说被转载并且获奖，得到读者与评论家们的好评。马竹没有公开出版过小说集。我曾经跟他谈到这个问题，并建议他找省作协主席方方。因为方方曾经筹集过经费，为湖北没有出版过专集的青年作家出书。马竹笑了笑说：不好意思，写得太少了，怕方方说我不用功。马竹完全可以自己筹集点资金出几本诗集小说集的，但他没有这样做。有一次准备参与一套丛书出本小说集，最后还是退出了，我当时还批评了他。这就是马竹的淡定。有些作家出了好多书，但都是自费出的，马竹却不。

马竹是个坚定自信的人。他写小说之后，每写一篇，不说精雕细刻，但都磨砺不断，朝最好的写。马竹觉得有质量的写作是在维护文学的尊严。马竹坚信自己的小说好，这种坚定自信在新世纪之后表现得更加强烈。马竹写小说产量并不高，可成活率却高。《长江文艺》1993 年 11 期头条发表他的中篇小说《荒地》，那是他小说的开山之作，出手不凡。我当时任《长江文艺》常务副主编，主持杂志工作，我一下子就看中了他的这种坚定自信。2000 年第 8 期《长江文艺》又以头条位置发表马竹的中篇小说《荷花赋》，小说一出来，就被《小说选刊》转载，并收入漓江出版社的《2000 年中国最佳中篇小说》一书。马竹的多部中篇小说被《小说月报》、《小说选刊》、《北京文学中篇小说月报》转载。2008 年 1 期《长江文艺》再以头条发表马竹的中篇小说《父亲不哭》，被多家选刊转载后，《新华文稿》也转载了。《父亲不哭》给马竹带来了声誉，也使他登上了新的台阶。这部小说进入了当年中国中篇小说排行榜，并获得了长江文艺奖、湖北文学奖和屈原文艺奖。这就是马竹的坚定追求与自信写作的成果。我常跟马竹聊天，问他的写作计划。他有时也说一些。坐在他开的车上，有时说得他走错了路，绕了大圈子。马竹有几年在一个企业兼了个职务，那个老板有个性，马竹从这个人身上看到了改革开放大潮中某种社会类型。马竹在老板欠他薪水一大笔的情形下离开了。听马竹谈这个老板的故事时，我才明白马竹去深入了一种生活，他获得的素材是别人不可能想象出来的。马竹说他正在酝酿，他要写一部长篇小说来。他说这话时还是那样坚定自信，我是相信马竹能写出来的，而且写出来后一定会有大反响。我也认识这个老板，这个老板是武汉或者是全国的一个轰动性人物。

马竹是个讲义气的人，这义气不是江湖义气。马竹曾当过武汉市政协委员、武汉青联的副秘书长，他周围有一批青年朋友。我知道他有两个青年朋友如今担任了政府与地方的要职，其中一个朋友在人生低迷时，马竹曾写过长信劝其振作努力。马竹对给过他帮助的人总念念不忘。有个北京的朋友，对他的小说创作帮助很大，这朋友抽烟喝茶，马竹经常给他寄烟茶去。有次这朋友到神农架参加一个笔会，马竹让我告诉他这朋友回北京的时间，然后从武昌开车到天河机场，把两斤春茶交到这个朋友的手上。

马竹写小说，好的在后头。我是坚信他还能写出超过《父亲不哭》的小说来的，因为他还年轻，因为他坚定有自信。

周百义的眼光

祖上有人当大官，父亲却当了右派，他随母亲下放到一个叫蒋家湾的偏僻乡村，全家住在生产队的牛栏屋里。周百义渴望书籍，邻居读高中的伙伴从学校带回一本《红楼梦》，他借来用套着格子的白纸抄了一大本。那时的周百义，想过他自己将来要写书和出版书么？但他后来当上作家和著名出版家肯定与他到处找书读和抄写《红楼梦》有关。

周百义当业余作者时发表的第一篇作品是一首五句子山歌，写华国锋抓纲治国的，发表在《中原民兵》上。他后来还出版了长篇小说、长篇报告文学，1992年他尚未当出版社社长，一年内出版了三本书，刚到出版社时他每月在杂志上发表一篇小说。他曾当过河南潢川县文联主席，小说集《竹溪上的笋叶船》还获得河南省优秀儿童文学作品奖。假如周百义沿着创作这条路走下去，现在可能著作等身，人们提起周百义肯定不会想到如今的著名出版家，只会想到这个人的某几部作品在读者中影响很大。

但是人生中没有假如。周百义上了武汉大学作家班，毕业后到了出版社，后来就当了长江文艺出版社社长。周百义是1995年当社长的，当时社里账上资金只有十几万元，每年出版新书不到10种。他面对的是不断上门的讨债人，还要出门四处“作揖”借钱。关于周百义如何领着长江文艺出版社走出困境，几年后图书销售突破亿元，600余种图书获国家级、省级大奖，各种综合指数在全国同类文艺出版社中排名第二，在地方文艺出版社中排名第一，他如何敬业，怎样寻找商机等，我这里不写。本文只写周百义与两个作家两套书和“一只狼”的故事。

先说二月河与《雍正皇帝》。周百义1987年做编辑时，到河南组稿，听说南阳有位业余作者，将小说写在练习本上。他跑到南阳文联，坐在别人自行车的后座上，找到了住在一个小巷深处的二月河，自此他与二月河交往二十余年。正是他亲自做责任编辑抓住了二月河《雍正皇帝》的出版，长江文艺出版社掘到了第一桶金。如今二月河的文集及其他书的中文及海外版权，都交给他管理。二月河从一位业余作者到清帝系列长篇小说的大师，是得力于周百义的发掘与扬励的。《雍正皇帝》上中下卷，获“八五”期间全国长篇小说奖、姚雪垠长篇历史小说奖等多种奖项，有读者读了21遍，称其为又一部《三国演义》。再说熊召政与《张居正》。熊召政先前写诗，后经商，一段时间几乎被文坛遗忘。周百义得知熊召政在写历史长篇小说，于是打电话给熊召政，要给熊召政的小说当责任编辑，那是1997年秋天。周百义与熊召政都是从武汉大学出来的，他们是校友。一年后熊召政的《张居正》第一卷《木兰歌》交给了周百义。周百义一星期回话，说书稿发是可以发，但有些地方要改。熊召政拿到退改的书稿，仔细读了周百义作的多处眉批，看出了“此书一般”的意思，于是痛下决心，把第一稿烧掉，重新再写。又一年后熊召政将《木兰歌》交给周百义，周百义三天回话：非常好。熊召政就此一年一本，于2002年完成四卷本《张居正》，此书后来获第六届茅盾文学奖、全国五个一工程奖。“这本书给我带来的种种殊荣，周百义功不可没”，熊召政写文章这样说。“一只狼”是周百义策划和出版了长篇小说《狼图腾》，当年即领全国最畅销书头榜，其火爆大卖景象令许多书商瞠目。这本书不仅在中国市场创造奇迹，在国际市场也创造了奇迹，国际著名出版商企鹅集团预付10万美元购买版权，给作者开版税10%，这在中国图书出版史上是第一次。

周百义没当成大作家，他当成了一流的作家出版家。他获得的出版方面的奖励与称号很多，但他“新中国60年100名优秀出版人物”、“60年60名优秀编辑”两个称号却分量很重。是不是因为周百义当过作家，他站在作家的角度立场来当出版家，所以他才获得如此的成功？对这个问题的回答应该是肯定的。新近中国作家莫言获得2012年诺贝尔文学奖，莫言的书立即走俏，书店卖断了档。现任长江传媒集团副董事长、总编辑周百义宣称：集团旗下的长江文艺出版社拥有莫言所著《檀香刑》、《莫言作品精选》等三部作品版权，长江传媒是唯一拥有莫言作品出版权的上市公司。

这就是出版家的眼光。

左手写新闻右手写小说的易飞

1986年，大学生易建新、李鲁平合出他们的诗集《那一年深秋》，我应邀作序。在他们，是第一次出书，在我，是第一次给别人写序。因了这两个第一次，也就锁定了我们的关系。当年，他们都是武汉高校大学生诗人中的佼佼者。

易建新后来从事新闻工作，成了易飞，记者是他的职业。这个在广电和报纸传媒干了二十多年的叫易飞的人，个子不高，白净面皮，温和文静，是个很认真很敬业的人。易飞是个很称职的记者。说易飞称职之一，是说易飞具有一个记者的良知和担当精神。他在湖北日报群工部工作时，这个平时看起来温和绵条的人，在维护人民利益坚持正义时却敢于较真，硬碰硬。有一年冬天，易飞在沙洋采访，当地一群老百姓把状子顶在头上跪在地下要求伸冤。易飞了解情况后，热泪盈眶，立即为老百姓四处奔走，伸张冤情。监利县一个保险公司的干部，蒙冤坐牢近一年，易飞为其案情写了内参，省委领导签了字后才重新审理，终被放出来。鄂州一警官学校拖欠教师工资，投诉的老师怀疑学校资金被人转走。易飞和这位老师一起策划，花了近三个月的时间，拿到了证据，查清了案情。易飞因为群众投诉之事，和几个公安、银行的部门较量，最后都以胜利告终。说易飞称职之二，是说易飞作为记者，在专业上的成就。近 10 年来，易飞一直是湖北日报传媒集团的文化记者，在省作协、省文联、省文化厅所举办的与文学艺术文化有关的活动中，从不缺少他的身影，他忙不过来时，还经常带个实习生帮忙。湖北的作家们、画家书法家们、唱歌的演戏的，都成了易飞的朋友，而湖北所有的文化活动都得到充分、生动的报道。八艺节、湖北作家群、长江画派、荆楚书道、一县一品、湖北名歌大家唱、湖北非遗的保护与传承、湖北文化体制改革文化产业发展等，易飞所写的报道，都产生了反响，得到业内外人士的高度赞扬。

大学生易建新的诗满储着乡情与诗意，记者易飞的报道激扬文字生动传神。朋友们担心过，湖北多了个好记者却少了个好作家。我想我当年为他和李鲁平诗集所写序里的那些期望，只能成为一个美好的记忆了。

突然，记者易飞出版了他的第一部长篇小说《无冕之王》，这部小说产生的反响，使我们的担心成为了多余。我高兴地看到，搞新闻的易飞也是搞文学的易飞。易飞心中的那个文学梦并没有远逝，这些年他潜入了一个生活的富矿，在繁忙的记者生涯中挖掘到含量丰富的矿石，终于炼出了他的钢。在这前后时间，易飞还发表了几部中短篇小说，我主编《长江文艺》时，发过他的两篇小说，与《无冕之王》一样，都是写新闻界的故事。易飞正式推出他的新闻小说是2009年，他将《无冕之王》、《弥天大谎》、《天上人间》三部合起来近百万字的长篇小说一起出版，并冠以“新闻小说三部曲”。易飞的这一举动，无疑震动了湖北的文学界和新闻界。一个记者，而且是一个发稿量多且十分敬业的记者，在业余时间写出三大本小说，用新闻与文学相糅合的笔法，描写了经过改革开放三十年后，始终处于风口浪尖上的新闻记者公开与隐秘的生活，以独特的视角，为读者打开了一个全新的媒体社会，表现了记者的良知与正义，展现了现代传媒人的现实与心灵、社会角色与个人生活之间的挣扎。这不说“全国罕见”（评论家李敬泽语），但在湖北新闻界确可说唯一。易飞的新闻小说三部曲出版后，《人民日报》、《文学报》等全国近百家媒体进行了报道，进入了多家网站畅销书排行榜，被《新华读书周刊》推荐为“献给记者节的书”，易飞成为中国报业网的一周新闻人物，为湖北的新闻界增添了光彩。这一事件同时成了2009年中国文坛的一件大事，易飞在文坛的地位就此得到了确认，在湖北的小说家中，易飞的小说以其独特的题材与强烈的批判意识成为一道风景。

易飞还在做他的文化记者，工作创作之外，他还是一个热心的活动组织者，深得朋友们的拥戴。他一支笔左手写新闻右手写小说，他说他过得充实丰盈。他还说他有种感觉，他是那种大器晚成的作家，只要他坚持。这话我信。

从大山里走出的刘书平

2008年，韩少功、方方等名作家到竹溪采风，我与刘书平忝列其中，这时我才知道书平是竹溪人。竹溪是鄂西北的大山区，这里是秦巴文化与荆楚文化交汇处，蕴含深远。书平志向坚定，为人谦虚低调，写作勤奋，工作认真，不抽烟不喝酒不打牌，是个让人放得心的朋友，这是他家乡大山的孕育和文化的熏染而成。竹溪走出的另一位作家野莽，也是如此。

刘书平有很多机会不搞文学。他画过画，国画《竹溪云海》曾参加省里画展，画作悬挂于竹溪县政府办公室；他练过书法，写得一手好字。但他无意于书法与绘画，一门心思写小说，与县城的几个作者经常切磋技艺，交流心得，跋涉在文学的小道上。当年县委组织部考察干部，要调他到组织部工作。那可是个炙手可热人们求之不得的单位，可刘书平却不愿去，他要搞文学，硬是抵抗了半年，最后组织部下了调令，他只好去上班，心里却在想着写小说。好在组织部长开明，告诉他组织部门生活面广，是有助于他写作的。

刘书平在县委组织部门工作了一段时间后，十堰市房管局把他调去当办公室主任，后来又提拔他当局长。从竹溪山里到了十堰车城，有阔气的办公室，有专用小轿车，他却深感不安，这偏离他的文学道路越来越远了，如不打住，文学将离他而去。他几次找领导谈想法，要求搞文学。终于，他如愿以偿，调到十堰市文联当主席。在旁人看来，他是从金窝跳到糠窝。在文联几年的艰苦打拼，他在文学上的成就越来越大了，鄂西北的文学队伍，在他的率领下也有了飞跃的进步。接下来，湖北省文联又把他作为特殊人才调到省城，担任省文联文学艺术院院长。刘书平这辈子没去搞书画，没去当官，他的理想他的愿望得到实现，他从不感到后悔。

刘书平写小说，长篇中篇短篇出了好多本。这些小说如他的为人一样，实在，不玩花架子。他的小说有很多篇都是以黑山为背景，这虚拟的黑山就是他从中走出来的那片山地，黑山有讲不完的故事，道不尽的风景，他写生存在这里的人们的生活，得心应手，是因为他对大山的熟悉与热爱。刘书平在竹溪时，曾发表过一篇小说《张纪先赴宴》。小说写一个叫张纪先的村支书，手中掌着村里的大权，到处有人请他赴宴坐上席，他遂成习惯，只要村里有婚丧嫁娶的红白喜事，不请自到，去了就坐上席。后来他的支书被选掉，但他旧习不改，到一村民家仍坐上席，这时主人来了，把他拉下来，说那上席是新支书坐的。结果生活中真有一位叫张继先的村支书，其作派与小说中的村支书一样。这真张继先找刘书平要打官司，并找县委书记告状。县委书记对他说，小说是创作，不能对号入座，书平的小说对干部的坏作风批判得好。那告状的张继先只有灰溜溜地走了。刘书平写小说非常勤奋，每年都要写作20余万字。我在《长江文艺》工作时，曾发表过他多篇中短篇小说，他的短篇小说《人事风波》还获过长江文艺完美文学奖。刘书平的另一部中篇小说《户口》被改编成电影《山里山外》，在竹溪山里拍摄，影片上映后，受到社会广泛关注。这是十堰市的首部本土电影，并入选参加美国好莱坞第十六届国际电影节。有关评论说：这部电影表现了山区人民艰苦创业的质朴精神，敢爱敢恨的纯真感情，反映了社会主义新农村的新变化，主题鲜明，思想积极，是一部弘扬社会主义主旋律的好电影。

从大山里走出来的刘书平，除了自己的创作外，还是一位热心优秀的文学组织工作者，省内的一些业余作者出书难，他主编出版了多套文学丛书，帮助业余作者出版作品。他还组织了多次省内的文学采风活动，带着作家们到房县山区，到黄龙滩发电厂等地生活，写出一批优秀的文学作品，来歌颂山区改革的新生活，来歌颂水电人的创业精神。我曾参加过他组织的一些活动，受益多多。

刘书平，这个从大山里走出来的作家，像山一样纯朴一样可亲！

写小小说有瘾的叶大春

叶大春和我都是出生在江夏贫寒农家，受过饥寒和苦难，童年时代不光缺吃少穿，还缺乏书籍。那年头能找到一本书，真的像高尔基所形容的，像饥饿的人扑在面包上，捧读起来忘记了吃饭睡觉。

恢复高考那年，大春考上大学，爱上了文学，在中文系文学写作竞赛中两次获一等奖，并开始发表作品。大学毕业后分配到省直某机关，因不习惯文秘工作，跳槽到武汉电视台当电视报编辑。因为编辑工作繁忙，他没空写中长篇小说，只能忙中偷闲写小小说。1987年《小说选刊》选载了大春的《三瘾录》，并配发了评论，赞为“新笔记体小说”。接着，他在《小说界》小小说征文获得第一名的《岳跛子》、在《长江文艺》上发表的《古藤手杖》连续被《小说选刊》选载，他染上小小说瘾，走火入魔地写起小小说来，一发不可收拾。

大春在创作谈《我爱小小说》中，有这么一句话值得玩味：“选择了小小说，就注定选择了清苦、寂寞。因为小小说稿费低，不能改编电影、电视剧，不能成为畅销书，不能发大财获大奖出大名。但爱我所爱，无怨无悔，用自己喜欢的样式写自己喜欢的东西，是一种快乐和幸福。”

大春把小小说当作文学上的初恋情人，二十多年与小小说相濡以沫倾心厮守辛勤笔耕，在井喷期以惊人速度写作发表小小说。可以这么说，只要是发表小小说的报刊杂志，都发表过大春的小小说，有的杂志还是连篇累牍推出，我主编《长江文艺》时就曾两次集中发表他的十几篇小小说。大春的小小说被《小小说选刊》、《微型小说选刊》、《读者》大量转载，频频获得全国小小说奖，多篇小小说选入中学语文课本、辅导教材和中考题、高考模拟题，甚至选入韩国高中语文课本。

大春曾苦恼地跟我谈过，他的小小说被各种小小说选本选用，但不付稿费不寄样书。他逛书店时经常发现这种侵权的小小说选本，只好自己掏钱买回来留作纪念。他的书橱里摆满各种选用了他的小小说的选本，有盗版的，有正版的，有侵权的，有权威的，有上百本之多。大春已发表上千篇小小说，堪称湖北的“小小说王”，他的小小说也引起一些评论家的关注和评论，评论家李运抟、李俊国、梁艳萍、聂运伟都高度评价过叶大春的小小说。

大春的本职工作是电视台记者和编剧。当年他的一篇反映警察殴打记者的通讯报道《这是误会吗?》在

《人民日报》上发表，曾轰动全国；他的一篇电视评论《源泉奖设得好》获得中国电视新闻（评论类）一等奖；他编剧的多部电视剧和儿童剧获得飞天奖、星光奖、金童奖和意大利国际儿童电视节大奖；他现在担任武汉电视台著名栏目《都市茶座》的文学统筹与编剧，撰写了上千集栏目剧。一千篇小小说，一千集栏目剧——叶大春成为创造两千业绩的多产作家、快枪编剧。我看过《都市茶座》，田克兢、尹北琛、周锦堂、陆鸣等武汉喜剧明星扮演的岔巴子、老板娘、王发泡、陆德亨等喜剧人物，演绎的酸甜苦辣喜怒哀乐的市民故事，大多出自大春之手，都有小小说短平快的特点。其实，《都市茶座》颇像电视版小小说。正因为大春有一千篇小小说垫底，他的栏目剧才编写得那么游刃有余，精彩好看，让人喜闻乐见。

大春不擅言谈，只有回到家乡和喝了酒后，才兴奋激动侃侃而谈。当年，他开车陪我回老家看望病危的弟弟，走在乡间泥巴路上，大春感慨道：刘大哥，我们都是从这种泥巴路上走出去的农家子弟，不容易呀！我们一定要好好活着，好好写下去……

是呀，我们的心里都有乡土情结，血管里流淌着农民的血液。虽然生活在城市里，我们心里还有忆念的山村和父老乡亲，我们要活得有尊严有价值，要好好写出生活中的真善美，写出无愧于时代和人民的小小说。

少颖兄弟，请走好

2011年6月1日早上，我刚开通手机就接到朋友电话：丁少颖昨晚走了。这个结果明知是必然的，但心中还是一阵钝痛。上午我给几个省内外的朋友发了短信：我们的好兄弟丁少颖走了！望保重。11点，与梁必文、杨耕耘、晏良忠、胡翔、王社平等人，开三辆车，买了几个花圈到水果湖少颖家中吊唁。2日早，与杨耕耘、晏良忠一起赶到武昌殡仪馆向少颖的遗体告别。在殡仪馆碰到陈谢、黄土、李正武陈冰夫妇，还有知音传媒集团的领导及一大批少颖生前的同事。当我在少颖的遗体旁放了一支菊花后，深深地鞠了三个躬，轻轻的说：少颖兄弟，请走好！

1月19日省作协开迎春茶话会，少颖来了，与参加会议的朋友们抽烟喝茶打招呼，并携来他的新书《江姐真实家族史》，给许多朋友送了。那天大家高兴，他也很高兴。我的日记记载，2月19日星期六，少颖来作协，我们几个朋友在一起玩过一次小麻将。这之后只听说他胆囊长息肉白天在医院治疗晚上回家。4月

21日我接到《知音》杂志一个朋友电话，说少颖是肝癌晚期，已无法救了。5月4日，我与胡翔到肿瘤医院看他，他已十分虚弱，人瘦得厉害。交谈十来分钟，他尚不知自己患的是绝症。离开时，我与他紧握着手，没想到那是最后一握！少颖的爱人袁文哭着，说他没多少时间了，我与胡翔劝她半天，我希望能有奇迹出现。医生说他过不了六一，果然他在5月31日晚走了。

与少颖相交二十多年，他总喊我老师，但我们却亲如兄弟。他是麻城人，六十年代出生，先是在《知音》做编辑，做到主编助理。后来出来创办《良友》杂志，做总编辑。几年后他又回到知音集团，做《打工》、《知音励志》、《知音揭秘》的执行主编。我在徐迟先生去世后，写过一篇较长点的纪念文章，是少颖拿到《知音》发表的。他任《良友》总编时，为我开过专栏，我在《良友》发表十几篇随笔短文，是他促我写的。他办《知音揭秘》时选发过我的两篇文章。少颖当了二十多年编辑，他对作者热情对工作认真对编辑事业的忠诚，是他的同事与领导和当过他作者的人一致公认的。我是当了一辈子编辑的人，我真希望在编辑界能有更多的像少颖这样敬业的编辑。少颖的离去，使我们少了一个好编辑。

少颖有很深的文学情结。他在武汉大学修的是中文，他结识的朋友大多是文学界中人，他坚持文学写作，出版过文学专著多部，发表过各类文学作品400

余万字。他的作品获过首届湖北文学奖、广东省图书奖、广东省五个一工程奖等奖项。他曾经受聘当过武汉作家协会与湖北作家协会的签约作家。他希望能够专下心来搞文学写作，他有很多创作计划，但是他的编辑工作却是那么的繁忙，这些愿望与计划现在是永远也无法实现了。年头时，他曾打电话给我，说是他们正筹备少年作家的事，让我当顾问，我答应了。这个计划他的后继者们，不知还能不能实现？少颖创作中影响最大的当属长篇传记文学《江姐真实家族史》，这本 46 万字的作品是他奔波数千里采访近百人之后呕心沥血而写成的，并被编成电视连续剧播出，产生很大影响。初版本为《江姐家传》，修订版为现在的名字。他获的几个文学奖，都是因为这本书。丁少颖通过他的作品，还原了一个真实的江姐，这是读者不会忘记的。

少颖的为人，在朋友圈子中，得到大家一致的称赞。他做人低调，没见过他张扬的时候，没见过他与人吵过嘴红过脸，即使有人负他，而且负的很深，他也没去论个输赢，他谅解了那人。少颖对人真诚，与他交往，你不用提防，有事找他，他会倾心帮助，他没办成时还往往内疚，省内外来的文学朋友，他总是热心招待，我去陪过好几次。知道少颖去世的消息，认识他的人都叹息一声，多好的一个人，可惜可惜！在现今时代，能被许多的人称作好人，实在不容易。少颖是个好人好兄弟！

丁少颖走了，50 岁还未满，留给他的妻儿亲人和朋友的是一种心中的痛和久远的怀念。

丁少颖走了，我的朋友，也是他的朋友张福臣，在他住院的日子里，弄了一部摄像机，给他做了一部专题片，留下了他此生对生活的热爱和对文学的追求，以及他的音容笑貌。福臣做了一件好事，这是少颖的妻儿亲人及朋友都感到欣慰的事情。

少颖走好，我的好兄弟！

第二辑 文学的日子

>>>

作者和贾平凹在全国作代会

参加全国五次作代会日记

(1996.12.13-12.22)

1996年12月13日　星期五　晴

下午两点半，洪山礼堂6号会议室。参加全国六次文代会与五次作代会的代表聚集一堂，省委副书记钱运录和省委常委宣传部长王重农，代表中共湖北省委给大家送行。运录书记走到每位作家艺术家面前一一握手。重农部长讲话，指出全国六次文代会与五次作代会是我国文艺界的一次盛会，是文艺界跨世纪的盛会。我省出席两会的代表要开好这次会议，为发展和繁荣湖北的文艺事业做出贡献。运录书记接着也作了简短讲话。会议由省委宣传部副部长、湖北出席两会代表团团长周祖元主持。湖北出席两会代表团副团长，省文联党组书记潘涛、省作协党组书记蒋林分别代表两个代表团向省委表示了开好文代会和作代会的决心。湖北出席全国五次作家代表大会的代表共18人，是丁永淮、方方、王先霈、叶明山、池莉、刘益善、刘富道、刘醒龙、汪洋、杨书案、於可训、周祖元、骆文、徐迟、董宏猷、蒋林、曾卓、碧野。省委宣传部文艺处长李勇、省作协办公室主任梁必文作为随团工作人员前往。

省委的送行会结束后，作代会代表在另一间会议室开会。蒋林向大家通报了徐迟同志去世的消息，大家悲痛不已。作代会湖北代表团成立临时党支部，周祖元是书记，蒋林是副书记，支部成员为刘富道、杨书案、丁永淮。

1996年12月14日　星期六　晴

下午2点15分。湖北作家代表团13人在天河机场候机大厅厅前聚齐。骆文、曾卓是上届中国作协理事(徐迟、碧野也是)，提前一天飞北京开会。徐老不幸去世。碧野老因健康原因不与会了。王先霈因去美国访问请假。我们是坐的1334航班，飞机是波音737。3点15分起飞，到达首都机场已是5点钟过了。中国作协书记处书记高洪波和我省先行赴京的梁必文举着牌子等着。高洪波代表中国作协迎接湖北代表团。高洪波说：每个省代表团到达，中国作协领导都要到机场迎接。今天因为正开上届作协的理事会，他是作代表接大家的。高洪波与刘富道、董宏猷熟，我与他是1980年在南宁首届诗歌研讨会认识的。他悄悄告诉我们：曹禺于昨天凌晨3点去世了。我们心中又是一震。

面包车载着湖北代表团在北京城里行进，夜幕低垂，灯火满天，行了40余分钟，到达京西宾馆。湖北代表团住东楼21层，我与刘醒龙住2115房间。稍作安顿，大家乘电梯到1楼饭厅吃饭。吃饭时有人喊我，原来是云南作家汤世杰，他老家是宜昌。饭后回房间，接到的第一个电话是甘肃诗人林染打来的，他竟要我向徐迟老问好，我无以相告。会议已将全部代表名单及房间号电话号印成册子，打电话十分方便。给几个外省朋友打电话，都很兴奋，今天是我的生日，满46岁了。

1996年12月15日　星期日　晴

下午两点半，在京西宾馆礼堂开中国作协五次全国代表大会预备会，全体代表参加。京西宾馆是部队宾馆，进大门和楼栋有两道门岗，进礼堂凭代表证和会议票。湖北代表团坐成一条线，我前面坐的是池莉，后面坐的是刘醒龙，左边坐的是湖南彭见明，右边坐的是四川的邓仪中。趁会议尚未开始，大家立即就熟了。四川的诗歌理论家吕进见到我座位上“刘益善”三字，立即打招呼，问起湖北诗人。作代会共有代表845人，省级最大的代表团是上海，56人，最小的代表团是西藏与青海，8人，还有个延边，也是8人。江西是9人。中央国家机关代表团为78人。

预备会由马烽主持，先念了这次代表大会代表资格审查委员会名单，大会组织委员会秘书长副秘书长名单，大会主席团组成名单。我省作家方方进了主席团名单，她可以坐到台上去了。接着通过了大会议程，举手表决时，没有反对弃权的，全体通过。再接着由张锲作第五次作代会筹备工作报告。张锲报告完了后，就休会。

晚上大会有电影与茶座。福建师大教授孙绍振来电话，我在房间等他。孙是“崛起诗歌”的理论家，他言现在不搞诗论了。他谈起在北京大学做学生时，徐迟当时在《诗刊》做副主编，对他的许多帮助。向他约写悼念徐迟的文章，他当即应允，说是回福州后电传给我。

1996年12月16日　星期一　晴

早6点有人敲门喊起床，即匆忙起身，到餐厅吃早饭，然后登上交通车。作代会共40辆大交通车，湖北代表团坐20号车。车队前有警车开道，8点过后到达人民大会堂宴会厅。作代会在东侧，文代会在西侧。各代表团按照指定的位置，排好队伍，准备照相。照相排队的架子是特制的，第一排是中央领导同志和作协领导的座位，后面共有7层。9点，音乐响起，江泽民、李鹏、乔石、李瑞环、朱镕基、刘华清、胡锦涛等中央领导走进宴会厅，热烈的掌声响起。江泽民等中央领导同志先到西侧，与文代会代表照相，然后再到东侧，与作代会代表照相。代表们抢着与江泽民总书记握手。

照相完毕，文代会与作代会代表到大会堂坐好。

湖北代表团坐一楼中1区，我的位子是20排13号，座位很好。在雄壮的国歌声中，中国文联第六次中国作协第五次全国代表大会开幕。中央政治局的7名常委江泽民、李鹏、乔石、李瑞环、朱镕基、刘华清、胡锦涛全部到会。江泽民总书记讲话。江总书记神采奕奕，声音宏亮，充满了激情，而我们听来又十分的亲切。江总书记的讲话是党的第三代领导核心继毛泽东《在延安文艺座谈会上的讲话》和邓小平《在中国文学艺术工作者第四次代表大会上的祝词》之后，又一具有历史意义的马列主义文献。下午各代表团讨论江总书记的讲话。

1996年12月17日　星期二　晴

早饭后都到京西宾馆礼堂，代表们找到标有各自名字的座位。碰到重庆女诗人傅天琳了。找座位时，见到了山东诗人纪宇、桑恒昌，在座位坐下，又见到湖南的作家残雪、何立伟、何顿、聂鑫森、蔡测海等人。这次见到的朋友多，见到的名人也多。曲波、金敬迈、冯德英这辈作家，我们少年时读《林海雪原》、《欧阳海之歌》、《苦菜花》，对他们是何等的崇敬啊！真没想到今天聚在一起开会，他们都已老了。

上午是中国作协党组书记翟泰丰作工作报告，题目为《站在时代前列 迎接文学繁荣的新世纪》，长达2万3千余字。翟泰丰的报告之后，是通过中国作家协会章程修改草案。通过章程修改案时，会场上有一老者站起提了条意见，老者是诗人、翻译家江枫。上午会开得很长，1点半结束。

下午两点半各代表团讨论翟泰丰的工作报告。湖北代表团在21楼小会议室讨论，不时有摄影摄像记者进来看看，抓拍几个镜头就走。湖北代表对翟泰丰报告提些意见，包括某句话的语法问题。我和方方提出，报告在列举文学成就时，举出长篇中篇短篇小说多少部，散文多少篇，儿童文学多少部，却没说诗歌，这是不对的。

晚上与刘醒龙、董宏猷出去参与一个吃饭聚会，有徐坤、迟子建等人，由《中国城乡金融报》文艺部请客。

据说中央电视台新闻联播中放了湖北团讨论的镜头，还有我的镜头，可惜没看到。

1996年12月18日　星期三　晴

早8点出发到人民大会堂听钱其琛副总理关于国际形势的报告。因去群众出版社签一本书的合同，我请了假。下午1点半由京西宾馆出发再到人民大会堂，听朱镕基关于国内经济形势的报告。大会堂楼上楼下全部坐满了人，文代会作代会的代表，还有北京市厅局级以上的干部，济济一堂，气氛热烈。报告会由丁关根同志主持。

朱镕基副总理讲话，略带湖南味的普通话听起来厚实而亲切。他说，在座的作家艺术家们，我年轻时就读过你们中间的人写的作品。你们是形象思维，我是满脑子数字，我讲的不知是否合你们的口味。为了这个报告，我今天中午都没睡觉。你们如果听得不合口味，可以离开出去转转，但不要一轰而去，可分期分批的走，免得我太尴尬。你们是人类灵魂的工程师，我是个电器工程师。朱副总理从2点半讲到5点40分，讲了通货膨胀、工业经济形势、农业经济形势以及股票市场，他讲得生动而实在，趣味横生，引得大家一阵阵的掌声。作家们说：这个报告实在是好，大家的巴掌拍得发红了。

晚上，《诗刊》杂志在京西宾馆8号会议室开茶话会，把出席五次作代会中的诗人诗论家代表请到。我和曾卓老参加了，86岁的老诗人公木到了场，还朗诵了诗。见到了许多活跃诗坛的老中青年诗人，大家喝茶聊诗，夜阑才散。

1996年12月19日　星期四　晴

上午9点，各代表团分组讨论，议论第五届中国作协全国委员会候选人名单。文代会代表住在亚运村那边的五洲大酒店，周祖元既是我省文代会代表团团长，也是我省作代会代表团团长，他今天到京西宾馆来了，参加了湖北团的上午讨论和下午的选举。对于候选人名单，没什么议的，都是各代表团推选出来的。我省候选人是刘富道、方方、池莉。刘富道是席位委员，每省一人，不用选举的。

下午2点，京西宾馆礼堂选举，分了几个选区坐成块状，湖北团坐在正中间的1排2排。先通过选举办法，反对按得票多少顺序而差额掉8名候选人的有60余人，还有近40人弃权。这部分人要求当选的全委必须过半数票。但反对和弃权者占少数，仍按原定选举办法进行。通过监票人，我省董宏猷当上两名总监票人中的一位。然后发选票，大家用特制笔填写，监票人先投了票，然后站到岗位上。代表按各选区指定的票箱投票。然后由监票人和工作人员人工计票，大家看电影，到礼堂外抽烟。计票是个漫长的过程，我们看了两部美国片，然后去餐厅吃饭，直到9点回到礼堂。晚上9点半公布结果，差额掉8名，共有180人当选。我省方方、池莉都当选了，刘富道是当然委员。票数少的只有200余票，也当选了，投票人共有720名。湖北代表团是表现最好的。可怜董宏猷任总监票人，连续工作近8个小时。

1996年12月20日　星期五　晴

上午9点，京西宾馆礼堂，中国作协第五次全国代表大会最后一次会议。会议由王蒙主持。大会通过五次作代会决议，然后由工作人员宣读几个名单。中国作协名誉职务名单，冰心为名誉主席，张光年、欧阳山、孙犁等12位老作家为名誉副主席。然后是名誉顾问，名誉委员，我省老作家骆文、碧野、曾卓为名誉委员。中国作协主席、副主席、主席团委员名单，巴金为主席，马烽、王蒙、蒋子龙、翟泰丰等14人为副主席，最年轻的副主席是女作家铁凝，1957年生。主席团委员共22人。新当选的副主席蒋子龙致大会闭幕词，稿子上写有：现在我宣布大会闭幕。主持者王蒙说，这话应由我来说。接着又进行了两项议程，王蒙说，我再一次宣布，大会闭幕。会场尽是笑声，气氛很好。

晚上，人民大会堂宴会厅，党和国家领导人与五次作代会和六次文代会代表联欢。湖北团坐两张桌子，我在124桌。舞台在大厅中央，江泽民同志到台上唱他少年时喜欢唱的一支歌："光阴似流水……今天功课明白未。将来治国平天下，全靠吾辈。"掌声雷动。翟泰丰与李维康、耿其昌唱京剧《智斗》，翟泰丰唱胡传魁，味道十足。高占祥唱《牧虎关》也赢得掌声。我与方方、於可训坐在桌边未走动，与天津女作家赵玫聊天。人民日报的李辉是个青年学者，跑到我们桌上来，他是随州人，说是上中学时读过我的诗，很高兴。

1996年12月21日　星期六　晴

代表大会已结束了，但新当选的委员要开会，刘富道与方方、池莉三人去开会，我们则可以上街转转了。上午与梁必文逛了会儿商场，买了点东西。11点半前赶回宾馆，《小说选刊》杂志今天中午请出席会议的各文学期刊的主编副主编与部分作家吃饭，肖复兴嘱我与汪洋一定要到。他们还请了叶明山。刘醒龙被天津电视台请去了，未到。我从事文学编辑 23 年多了，结识编辑同行与作家是我的职责。吃饭地点在京西酒楼。新当选的中国作协副主席蒋子龙到场了，安徽老诗人公刘由女儿扶着也到了。公刘说他与《小说选刊》总编冯立三是老朋友，所以“混”进来了。一个中号包间，摆了 3 桌。我与迟子建、蒋韵、李佩甫、张平、上海《文学报》总编郦国义、花城出版社社长肖建国、《湖南文学》主编王静怡、《小说选刊》分管湖北片的编辑冯敏在一桌。王静怡是个刚 30 岁的女孩，却当了 3 年的主编了，我们聊起了刊物的情况，相约湖南湖北的文学期刊今后多交流。接着是约稿。河南的李佩甫和张宇都是很不错的青年作家，他们的最早作品，都是 80 年代在《长江文艺》上发的。和肖建国与山西的张平都是老朋友了，谈话十分融洽。黑龙江女作家迟子建的《亲亲土豆》、《白银那》都很不错。冯敏说他负责选湖北的稿，让大家别误会，他是个男的。《小说选刊》的午餐聚会，十分愉快。

1996 年 12 月 22 日　星期天　晴

上午 10 点 55 分的飞机，湖北代表团一起回武汉。行李比较多，会上发了一批书。《长江日报》罗高林写的长诗《邓小平颂》发给代表人手一册。我和刘醒龙的书特别多。刘醒龙是因为群众出版社出了他的四卷本文集，人民文学出版社出了他的长篇小说《生命是劳动与仁慈》，还有人家送给他的书。我是因为群众出版社朋友送了我整套的《张欣文集》、《毕淑敏文集》、《当代名家随笔丛书》20 本、《古案新编》8 本，时事出版社朋友也送了我一叠书，而我是爱书如命的人。我们把书装了两箱子，像搬运工般弄到首都机场。又与方方一起帮老同志办行李托运手续。坐的是波音 757 飞机，到了天河机场，坐上了单位接我们的车，才松了口气。

出席全国第五次作家代表会，对我来说，是荣幸的。受到中央领导同志的接见，亲聆江泽民总书记的讲话，是一种荣幸；见到那么多老作家和我所喜爱的作家，虽说没说话，但远远望上一眼，也是高兴的。同时，许多分别多年或在书信中熟得不能再熟的朋友，这次见上了，分外亲切。在会上我还组织到了稿子，晓雪与孙绍振悼念徐迟老的文章已落实了，林希、尤凤伟等几个作家答应明年寄小说给《长江文艺》，这也是收获。而我自己，愿借这次跨世纪的文学盛会，做好编辑，当好作家，写出好作品编出好作品，当是自然的事了。

参加全国六次作代会日记

(2001.12.15-12.23)

2001年12月15日　星期六　晴

今晨早起走路到菜场，为陈松叶买了三斤馄饨皮，他托我带到北京。上午到办公室，把杂志社的有关工作作了布置，然后回家收拾行装。衣服带足，要读的书带上一本。下午，办公室电话通知，携行李三点半在大院门口集合，作协代表分乘几辆车前往湖北饭店。出席全国六次作代会和七次文代会的湖北代表，均在湖北饭店四楼会议室会合。湖北出席全国六次作代会代表团团长是省委宣传部副部长毕志伦，副团长是韦启文（壮族）、王先霈，代表团成员是方方、邓一光（蒙古族）、叶梅（土家族）、叶明山、刘益善、刘富道、刘醒龙、池莉、张映泉、陈应松、於可训、段明贵、洪洋、骆文、徐鲁、曾卓、董宏猷、谢克强、熊召政、碧野，随团工作人员吴小斌、杜海波、赵金桃。曾卓老因生病在医院不能够成行；碧野老也因身体缘故请假。湖北出席全国七次文代会代表三十二人，两会代表在会议室碰面，大家都是熟人，聊天问好，分外亲切。四点后，省委常委、宣传部长缪合林来了，他代表省委为两会代表送行。缪部长讲了三点：一是统一思想，二是严肃纪律，三是爱护身体。副部长毕志伦就缪部长讲的三点进行强调，叮嘱大家带好感冒药。别吃北京的凉菜，他的经验是一吃就拉肚子。省文联党组书记李传锋和省作协党组书记韦启文分别代表两个代表团发言表态。会开完之后，大家就到湖北饭店一楼餐厅吃自助餐。自助餐之后，文代会代表去武昌车站，作代会代表到汉口车站，分乘两趟快车赴京。作代会代表的车次是78次，全部坐软卧，我与张映泉、邓一光、段明贵在一卧间。车厢全封闭，暖气热，我给陈松叶带的馄饨皮不采取措施到明天就会变馊。我找乘务员，二十来岁漂漂亮亮的女孩。我问她：你看小说吗？她说看。我说今天坐在你们车上的有不少写小说的大腕。她问池莉来了吗？我说来了。她说带我见见她。我说你帮我把馄饨皮保管好我就带你见她。她很快把我带的馄饨皮找餐车冰箱放好。然后我带她见了池莉、方方，大家都高兴，欢笑满车厢。

2001年12月16日　星期天　晴

早七点半左右，78次特快到达北京西站，下车后气温就很低了。有中国作协工作人员举着牌子接站。我们上了一辆大面包车。车先到京西宾馆，韦启文、方方、池莉三人先下，他们是五届全委，要先在这儿开一天会。面包车再把我们送到奥林匹克饭店，我住833房间，在电梯里碰到安徽的刘祖慈和王英琦。今天是各省代表团报到时间，没有什么具体安排。陈松叶十点半到饭店，他夫人是北京人，偏喜欢武汉的馄饨皮，我给他买三斤，三块六毛钱，千里送鹅毛，我还费了那多心思。陈松叶与王英琦是武汉大学作家班同学，他们俩谈得火热。王英琦的太极拳练得十分了得，得过国际冠军，她一身道姑般打扮，全无女人的那种艳丽。中午，在中国资源卫星应用中心工作的诗人牧南来了，请我们吃饭，下楼时碰到刘醒龙、董宏猷，就一起到蜀乡竹林风味酒楼。牧南原籍是湖北人。大家谈文学，陈松叶喝了不少白酒。下午回房间睡了一觉。晚上，野夫驾车来接我和《天涯》杂志副主编李少君、《京华时报》的雅高去一个地方吃饭。晚上我在北京是辨不清方向的，车行了好久，到了使馆区，在一家真正的藏族馆子里吃藏菜、喝青稞酒、酥油茶。湖北籍在北京的自由作家古清生也到了。在那周围充满了藏文化的氛围里，听藏歌，品味藏菜，别有一番感受。古清生送我一本他新出的书《比路还长的日子》，野夫送我他的公司经营的书七本，是（美）詹姆斯·兰迪的揭露巫神骗术的五本，（美）享利·米勒的《北回归线》和《南回归线》。回到饭店，房间暖气太热，关了也受不了，打赤膊穿短裤睡觉。

2001年12月17日 星期一 晴

从武汉穿来的衣服太多了，北京室内温度高，出门有件长防寒衣也够了。广东作家洪三泰到房间里来坐，他是我1976年认识的朋友了。十点钟后，乘出租车至方庄，到群众出版社，文艺室主任张蓉也是老朋友了，我的《迷失的魂灵》一书是她做的责编。到张蓉处主要是拿书，我挑了挑，共拿了（日）森村诚一的推理小说六本，“海岩文集”《便衣警察》、《你的生命如此多情》等六本，张成功的《黑冰》、《黑洞》，奎因《现代侦探小说集》八本，（英）佩尼·文森绿“西方最新女性小说”四本，《福尔摩斯探案全集》六本，石钟山的《快枪手》等几十本，捆成一大捆。中午张蓉请吃饭。饭后急乘出租车拎着书回饭店。下午三点，住在奥林匹克饭店的各省代表中的党员，分乘六辆大巴，由警车开路，前往京丰宾馆。这次作代会，代表分两个地方住．大部分省住在京丰宾馆。据说京丰宾馆的住宿设备没奥林匹克饭店好。下午四点，出席六次作代会的全体党员代表开会．在京丰大礼堂。会上宣布成立六次作代会期间党的临时组织。接着中宣部副部长刘鹏讲话，然后是中国作协党组书记金炳华代表临时党组讲话，要求党员同志在大会期间起模范表率作用。党员会后．住奥林匹克饭店的代表又乘原车回去，在饭店吃过饭，再乘大巴到京丰大礼堂。晚上七点四十分，是全体代表参加的预备会。会上，王巨才作六次作代会筹备工作报告，陈昌本作六次作代会代表资格审查报告，审议通过六次作代会议程，审议通过六次作代会主席团及秘书长、副秘书长名单。金炳华最后讲话。会开完回到饭店已十点多钟了。我本与韦启文书记住一间房，他到京丰宾馆开会今日应回房间住，但会上给曾卓老人安排了房间，曾老未来，韦书记就去住曾老的房间了。刘醒龙与刘富道住一间房，他怕刘富道的呼噜，就跑到我的房间来住了。他明天晚上就回武汉。

2001 年 12 月 18 日　星期二　晴

早晨六点钟电话叫起床，昨晚与刘醒龙聊天睡得太晚。洗漱完毕后，匆匆到一楼吃早餐。七点半，大巴从奥林匹克饭店出发前往人民大会堂，代表凭出席证和大会堂的票进入，每人都要安全检查。文代会和作代会的代表会合了，八点半前，大家都在大会堂宴会厅的专供照相的铁架子上站好，文代会代表和作代会代表各站一边，共二千四百余人。九点，随着音乐声响起，江泽民、李鹏、朱镕基、李瑞环、胡锦涛、李岚清等党和国家领导走上宴会厅的红地毯，亲切接见两会代表，掌声热烈。陪同江泽民等党和国家领导接见两会代表的其他领导还有丁关根、张万年、罗干、温家宝、曾庆红、王光英、彭佩云、王兆国、任建新、胡启立。中央领导同志先和文代会代表照相，再和作代会代表照相。接见照相完毕后，两会代表进入大会堂凭票入座。我的票是 18 排 28 号，好座号，吴小斌说是“一发二发”。九点半，中国作协第六次代表大会、中国文联第七次代表大会在雄壮的国歌声中开幕。周巍峙主持开幕式，金炳华宣读了巴金给大会的致词《新世纪的祝愿》，团中央书记处书记周强代表全国总工会、共青团、全国妇联、中国科协、全国侨联致贺词，解放军总政治部袁守芳副主任代表解放军和武警官兵致贺词。接着，江泽民总书记作了《在中国文联第七次全国代表大会、中国作协第六次全国代表大会的讲话》报告。江总书记的讲话高屋建瓴，内容丰富，为文学艺术工作者指出了在新世纪前进发展的方向。报告不断引来代表们的热烈掌声。下午在奥林匹克饭店二楼会议室，湖北湖南两省代表为一个组，讨论江泽民总书记的重要讲话。讨论会由湖南代表团团长丁素文主持，湖北团的韦启文、骆文、王先霈、於可训等发了言，湖南的赵文智、王跃文、谭仲池等发了言。谭仲池是长沙市长，一级作家。谭说他在武汉空军当过兵。中国作协吉狄马加参加了湖北湖南的讨论会。发言的同志都说江总书记的报告好。晚上安排是到京丰大礼堂听专场音乐会，我因朋友请去“沪上人家”吃饭，未去听音乐会。

2001 年 12 月 19 日　星期三　晴

早饭后，乘大巴往京丰大礼堂。九点整，六次作代会全体会议开始。奏国歌。向五次作代会以来去世的副主席、主席团成员、全委和名誉主席、副主席、委员致哀。主持人念了好长一串名字。金炳华作中国作协五届全委会工作报告，题目是《坚持先进文化前进方向 开创新世纪社会主义文学事业新局面》，报告长达二万五千余字，他是一口气讲完的。金炳华报告完后，高洪波作关于修改《中国作家协会章程》的说明，然后休会，我们回奥林匹克饭店。下午三点，仍在饭店二楼会议室，湖南湖北组讨论金炳华的报告和高洪波关于修改“章程”的说明。今日讨论由湖北代表团团长毕志伦主持。叶梅示意我发言，我就第一个说。我觉得金炳华的工作报告很全面具体，对五次作代会后全国文学事业发展的成就和特点给予了充分的肯定和阐述，所说中国作协及各地作协五年来的工作回顾和经验以及今后的工作要求，都很不错。但是，报告对文学编辑的工作奉献没有提及。这次作代会有九百余名代表，作为编辑家身份参加的只有二十人。中国文学所取得的这么多成绩，如果缺少了文学编辑的无私奉献和勤奋工作，是不可想象的。我所工作的《长江文艺》杂志，在几代编人的奉献下，推出了许多的作家和作品。我的发言，引起了湖南作家李元洛的呼应，他发言对《长江文艺》在五十年代给他的帮助表示终生难忘。有代表对报告所提作品及作家提出了疑义。而对高洪波的“章程”修改说明，则只提出了个别字句修改的意见。五点之后，《知音》王唯到饭店，晚上出去吃饭，与董宏猷、张福臣及时代文艺出版社的张明、文欢碰到，就合成一桌。喝了一瓶小糊涂仙酒，酒后到三里屯酒吧一条街泡吧。这条街上有上百家酒吧，据说王朔在这里也开了一家。我们进了一家叫“男孩女孩”的酒吧，喝啤酒吃爆米花和烤红薯条，酒吧里桌子挨桌子人挤人，也是体验了一回生活。别人说三里屯酒吧是北京年轻人夜生活的一个集中地。回到饭店后，倒床便睡。刘醒龙回武汉了，我一人住一间房，睡到凌晨，胃里难受极了，爬起来到卫生间，吐得一塌糊涂。喝酒杂了多了。

2001 年 12 月 20 日　星期四　晴

早晨起来，头晕脑胀，胃难受，强撑着下楼吃了两小碗稀饭。叶梅和骆文老见我这样，问了缘故，骆文老说他房里有胃药，叶梅陪我到骆老房间取药。实在坚持不了，向叶梅请假，上午在房间吃药后睡了一觉。中午，人感觉好多了，只是见到酒就有种恶心的感觉。下午在人民大会堂听朱镕基总理作经济形势报告。这个报告是一定要去的。进了大会堂后，人坐得满满的，除了两会代表外，还有北京市及有关部委、解放军师局级以上干部。五年前，我参加五次作代会时，也是在大会堂也是这个规模，听朱总理的报告，使我终生难忘。下午三点，朱总理作报告，仍是不疾不徐地用他的略带湖南口音的普通话讲。朱总理对作家艺术家们表示了良好的祝愿，说他是读过许多老作家的书的。朱总理不用讲稿，娓娓道来，分析了国内国际的经济形势，特别是中国加入WTO后，明年我国的经济工作是机遇与挑战并存，对面临的困难和隐忧，一定要有清醒的认识和足够的估计。朱总理的报告风趣幽默，分析透彻入微，数字具体，对今后的应对方针作了明确的指示。朱总理在台上作报告，台下的掌声不断，说到风趣处，笑语不绝。晚上在饭店休息，在一楼饭厅看韦启文书记画国画，谢绝了几位朋友的吃饭邀请。

2001年12月21日　星期五　晴

上午九点，京丰大礼堂全体代表会议，通过《关于中国作家协会章程（修改草案）的决议》。高洪波作《关于中国作家协会第六届全委会委员候选人建议人选推荐情况的说明》。九点半，各代表团分组讨论《中国作协第六届全委会委员选举办法（草案）》，并酝酿中国作协第六届全委会候选人建议人人选。湖北湖南组在京丰宾馆餐厅一宴会厅里讨论，大家没什么多的意见说，坐着聊天。十一点全体代表集中在京丰大礼堂，由工作人员宣读《中国作协第六届全委委员选举办法》，通过总监票人、监票人名单，然后投票选举中国作协第六届全委会委员。票是特制的，代表只需用特制笔在候选人名字旁边的符号里涂上颜色，就可表示你是反对或是弃权。我划掉三名我觉得不适合的名单。投完票后，大家在京丰宾馆餐厅吃自助餐。住奥林匹克饭店的代表就不用回去了。吃饭时与云南的作家汤世杰坐一起聊天，他是湖北人。下午一点，代表又集中在京丰大礼堂，听候宣布全委会选举结果。一百四十七名候选人全部当选，加上四十名团体委员，第六届中国作协共有全委委员一百八十七名。湖北当选为全委委员的有韦启文、王先霈、方方、池莉四人。这次计票用的先进的电子计票法，结果出来得很快，董宏猷也是监票人之一。全委委员留下来开会，余下的代表休会，回到奥林匹克饭店，睡了一觉。晚上张福臣又请陈应松、董宏猷、邓一光、吕植友、李小敏、王唯和我一起吃饭。在酒店碰到何锐、王干、刘华、梁平、谢鲁渤、熊正良等人，互相敬酒。

2001年12月22日　星期六　晴

上午十点，我们到京丰大礼堂参加六次作代会闭幕式。闭幕式由丹增主持，首先宣布中国作协第六届委员会主席、副主席、主席团委员和书记处书记名单。巴金当选为主席，当选为副主席的有王蒙、韦其麟、丹增、叶辛、李存葆、张平、张炯、陈忠实、陈建功、金炳华、铁凝、黄亚洲、蒋子龙、谭谈十四人。主席团委员有二十二人，湖北作家池莉为主席团委员。接着，大会给六届全委会推举出的十三名名誉副主席、一百一十五名名誉委员颁发了金质证章和证书。湖北骆文、曾卓、碧野三老均为名誉委员。王蒙致了闭幕词，很简洁有力。然后大会在雄壮的《国际歌》声中闭幕。回到奥林匹克饭店吃完午饭，睡了一觉。下午，广东《佛山文艺》的副主编史佳丽到房间看望，聊了他们的办刊情况，近五点才抽出空由朋友陪同到附近的家乐福超市买了些有北京特点的小吃点心，准备带回武汉。晚上七点，全体代表乘大巴到人民大会堂，再经一次安检，到达宴会厅，文代会和作代会的两千余名代表联欢，江泽民总书记和国家副主席胡锦涛以及有关领导丁关根、温家宝、曾庆红、王忠禹等出席了联欢会。晚会上，作家艺术家们表演了精彩的节目。江总书记和胡锦涛副主席都唱了歌，江总书记用俄语、意大利语唱。中间，中央领导同志还和艺术家们跳了几支曲子的交谊舞，使晚会达到高潮。湖北代表团坐在51席和66席，离舞台比较近。桌上摆了点心糖果和茶水。晚会到十点多才结束。

2001年12月23日　星期天　晴

大会已经开完了，这是新世纪文学艺术界的一次盛会，将在中国文学艺术史上留下闪亮的一页。各省代表团陆续离京返回了。湖北代表团是晚上的火车。与几个省的作家朋友告了别。北京还有朋友要来送别，辞谢了。上午接待了中直机关《党建工作》杂志副主编龚海燕的来访，陪着聊天一小时。到湖北大厦看湖北荆州到京办事的业余作者王君，一起在外面吃了午饭。下午回饭店，收拾行装，一大纸箱书，好沉好沉，亏得饭店的服务员帮助才捆好。会上发的没什么用处的书扔了。只带了影印的《茅盾手迹精选》。四点五十分，离开奥林匹克饭店，大会用大巴送我们到北京西站。晚六点五十分，37 次特快离开北京。仍坐的软卧车厢，与骆文老、谢克强、董宏猷在一个卧间。晚饭是在火车上吃的，我省出席文代会的代表和作代会代表同一个车厢，大家聊天，热闹得很。陈应松给我照了两张相。实在太困了，早早爬到上铺睡了。明早就到武汉了，新的一天等着我们。

参加全国七次作代会日记

（2006.11.7–2006.11.15）

2006年11月7日　星期二　晴

上午在办公室，把要赶紧做的工作向杂志社留在家里的同志作了布置，然后回家收拾行李，带了本黄仁宇的《赫逊河畔谈中国历史》，准备在车上读。

按照通知，下午4点乘省作协的车赶到水果湖泰华大厦。湖北出席全国作代会的代表20余人，出席全国文代会的代表30余人，现在两会代表齐聚泰华大厦三峡厅，省委领导举行欢送会。会议开始之前，领导与两会代表在泰华大厦门前合影。会议开始，坐在主席台上的是省委常委宣传部部长张昌尔，省委宣传部副部长李以章、孙永平、陈连生，省作协主席王先霈，党组书记韦启文，省文联主席唐小禾，党组书记李传锋。陈连生为作代会湖北代表团团长，王先霈、韦启文为副团长；孙永平为文代会湖北代表团党的书记、李传锋为团长。

李以章副部长主持会议。张昌尔部长讲话。

张部长代表省委省政府欢送大家，并告诉大家，中央政治局委员、省委书记俞正声在宜昌参加完外事活动，正在赶回武汉的途中，他要陪大家一起吃晚饭。张部长谈了湖北文化建设的大好形势，介绍了湖北近年来的文学艺术成果，全省文化队伍建设不断加强，文化投入不断加大。文艺工作者坚持双百方针，成绩不错，在全国也占优势，文学鄂军在全国各类大奖中都有斩获，全省优秀戏剧有 20 多台，群众喜闻乐见，省委省政府和全省人民对文学艺术家们是满意的，他代表省委省政府对大家为湖北文化作出的贡献表示感谢。最后张部长对代表们赴京开好两代会提出了几点具体要求。

湖北音乐家协会方石，京剧演员朱世慧，作家陈应松、刘醒龙、方方发言，为湖北文学艺术建言，表示一定开好会。

我也发了言，谈《长江文艺》是创刊于 1949 年武汉解放时的严肃文学期刊，为繁荣湖北文学事业推出文学鄂军作出了不可磨灭的贡献，湖北省四连冠的优秀期刊，列入全国核心中文期刊。省委省政府应该把《长江文艺》列入公益性文化事业单位加大投入。《长江文艺》要坚守文学阵地，文学旗不倒，长江不断流！我的发言引起了宣传部领导的重视。

俞正声书记下午 6 点到达。50 余名代表与宣传部领导部分媒体记者围坐在大泰华宫的一张硕大的长方形桌边，俞书记和大家一一握手。俞书记讲话，从宜昌赶回来为大家送行，是想见见大家，许多人是只闻其名未见其人。朱世慧是熟人，但他老要我看京剧。方方、刘醒龙、邓一光、陈应松等作家的小说我读过，今天要见见。俞书记持杯与代表们一一碰杯，欢送大家。欢送宴会气氛很热烈。

晚7点，张昌尔部长、李以章副部长送两会代表上车，前往武昌车站。登上武昌至北京的38次列车，站台上省文联秘书长赖云峰说，站台上挂了一条大横幅，欢送湖北赴京参加文代会作代会代表，但挂错了地方，离代表们的车厢隔了好远，大家没看到，遗憾！作代会湖北代表团都在12车厢，我与刘富道、梁必文在同一包间。

赴京参加全国七次作代会代表名单：陈连生、王先霈、韦启文、方方、邓一光、刘益善、刘继明、刘富道、刘醒龙、池莉、陈应松、於可训、林白、段明贵、洪洋、徐鲁、梁必文、程远斌、董宏猷、谢克强、碧野。

方方、池莉、碧野三人请假，实际赴京代表18人。

熊召政作为中国作协代表团代表参加文代会，早一天赴京；董宏量作为全国冶金行业的代表参加作代会与我们同车赴京。

列车晚上8点35分准时发车，风驰电掣奔向北京。

2006年11月8日　星期三　晴

早晨7点列车准时到达西站，《中国作家》编辑李双丽是湖北代表团的联络员，她和提前赴京作为工作人员的高晓晖早在站台等候。李双丽给每位代表送上一束鲜花，虽说花束不大，但是代表了中国作协对代表们的欢迎，挺亲切的。后来见《文艺报》有消息，江苏代表团到达时，接站的联络员送花，据说他们要联络员把花留给其他代表团，他们领了心意，但花就不收了，为大会节约点，这也好。

面包车载着我们出西站前往北京饭店。车窗外的北京高楼矗立，繁华而亮丽。谢克强说，他第一次到北京到现在已40年了。我说1966年我作为红卫兵串连到北京，受到毛主席第七次接见，如今也40年了。於可训、董宏猷、谢克强马上说，他们是第六次被毛主席接见的，也是1966年11月。刘醒龙与老作家洪洋坐在一起，洪洋说他1956年到北京参加全国青年作家代表会，当时湖北就他与吉学沛两个代表。刘醒龙说：1956年我才出生哩。

8点左右到北京饭店，报到在A座二楼，进饭店大厅，有大红横幅扯起，祝贺中国作家协会第七次全国代表大会召开！上到二楼，大会工作人员沿长条桌坐着在忙，报完到，给每位代表发印有姓名、照片、代表团名称、编号的彩色胸牌，有铁卡子卡在胸前口袋里。而大会工作人员的牌子是挂在脖子上的。因中非合作论坛北京峰会刚散会，北京饭店有的房间尚未退出，我们等了半小时才拿到房卡。王先霈、韦启文要去开中国作协全委会，先给了他们房卡，他们先走了。我的房间是6038号，段明贵、邓一光、林白三人尚未拿到房卡，下午才有房子。由于没能按原先计划安排房间，造成一点错乱，我的房间号在大会住房表上变成了刘继明的，刘继明的房号变成邓一光的，邓一光的房号变成我的，我们三个人的朋友打电话找我们，都互相找错。

这次作代会代表住的饭店是五星级，而且是每人一间房，除了北京饭店外，鸿坤饭店也住的是作代会代表，董宏量住在鸿坤饭店，说是熟人少，不好玩。这次住宿标准是很高的，北京饭店在长安街上，是中国一流饭店。

9点，凭胸牌到一楼餐厅吃早饭。自助餐，食物及水果饮料丰富。在餐厅见到云南作协主席黄尧，今年6月，我带湖北作家采风团到云南采风，他曾热情接待并宴请湖北作家。见到湖南作协副主席水运宪，水运宪的祖籍是湖北鄂州，他到神农架时，我写过文章介绍他这个老乡，在《湖北日报》发表。他的《祸起萧墙》与《乌龙山剿匪记》曾风靡一时。

饭后回房间洗澡休息，起床后给北京的朋友打了几个电话，告诉他们我的住处及大会日程。叶梅来，她从湖北作协党组副书记、副主席的任上调到中国作协，任《民族文学》主编。与我谈刊物事，就是要争取纯文学期刊为政府支持的公益性事业。叶梅约请湖北代表团明天中午到《民族文学》作客。到底是湖北出来的，感情很亲。

中午11点50分，湖北籍现在北京工作的诗人陈松叶到。五年前我来开六次作代会，他要我从武汉带水饺皮到京，这次他要我带武汉锅巴，我给他带了1斤。与梁必文、谢克强一起带他到一楼餐厅吃饭。

吃饭时，紧邻的桌子上有贾平凹、水运宪、张抗抗。早知贾平凹抽烟，吃完饭，我将身上带的一包极品黄鹤楼1916香烟打开，递给贾平凹一支。他见烟盒精美，先要了烟盒仔细欣赏了一番，然后才抽烟。水运宪要了一支，张抗抗不抽烟，我们几个湖北人各点了一支。谢克强说这烟可是要两千元一条，限量生产的。贾平凹见香烟金黄色过滤嘴上印有1916的字样，便说这上面印有价钱嘛，不就是1916元么。大家一笑说不是这么回事，这1916是年号，可能是1916年的烟叶，也可能是1916年南洋烟草公司开创，它是武汉卷烟厂的前身。水运宪抽了一会说，这烟最大的好处是抽了像没抽一样。张抗抗说，你不错，把烟抽出了禅意来。

下午2点与谢克强、梁必文、陈松叶一起，步行几分钟，到王府井新华书店，上到四楼文学艺术类区，看那满架的书，崇敬之意油然而升。我见到了於可训、董宏猷、熊召政、刘继明、田禾的书，梁必文买了好几本书法字帖，我也买了一本《行书百联》的字帖，上面的字与联都写得不错。谢克强买了几本文学书。

下午5点，柳火生派司机开车接我，拉到钓鱼台山庄，先在他的办公室里看了看。柳火生是我江夏老乡，曾在武汉作协工作过，后下海做生意，生意不错。晚上他请我吃饭，桌上坐的多是企业界人，席间从孝感到北京当记者的张莉到了。柳和张都以学生辈给我敬酒。饭后，司机送我回北京饭店。谢克强拿一只北京烤鸭来，说是长江文艺出版社在北京的刊物《报告文学》杂志送的。他们先要请大家吃饭，谢克强说安排不过来，于是他们给湖北代表每人送只烤鸭，另有新出的一期《报告文学》杂志。

2006年11月9日　星期四　晴

早餐时见刘醒龙和四川作家邓贤交谈甚热，我也参与了一会。邓贤的长篇纪实文学写得很好看，我曾在几个大学及武汉图书馆讲纪实文学，他的《大国之魂》曾多次作为例子被我引证。邓贤说他是武汉人，他的祖父是裕华纱厂的创始人，抗战时大撤退到重庆，他正在写这部书。我给他推荐湖北人民出版社的《1938·武汉大会战》，他说他已读过这本书。

10点钟，叶梅带着车来，接湖北团的代表去她的《民族文学》编辑部。北京后海南沿大翔凤胡同3号，原来是已故作家丁玲住的四合院。我们十几人到达时，小院还没完全改造装修完毕，但已初见风格及它的安然恬静来。正房一楼是会客室，二楼为编辑部主任办公室及编辑办公室，正房左右是两排厢房，有食堂、收发室、咖啡厅、主编办公室等。右厢房顶是个平台，阳光很好，我们在平台上喝茶、照相、聊天。左厢房顶上，由隔壁院子里伸过来两棵枣树，成一道独特风景，让我们想起鲁迅先生的一棵是枣树，另一棵也是枣树的著名句式。

11点离开《民族文学》院子，穿胡同走小巷，两边房子古朴典雅，后海碧波涟涟，绿树成荫，路上一排三轮车过来，每辆车上坐两名外国朋友，他们在悠哉游哉地观赏真正的老北京风景。这一带是保护地区，不会拆建改造的。吃饭是在孔乙己酒店，坐了满满的两桌人，喝黄酒，吃茴香豆，董宏猷唱歌，陈松叶唱汉剧，大家很是高兴快乐。

下午2点回北京饭店，湖北团与甘肃团为大会第24组，乘24号车。两个团的党员代表上车，车队浩浩荡荡穿过长安街，到全国政协礼堂参加党员会议。3点钟开会，中国作协党组副书记张健主持会议，中组部干部三局副局长宣布成立七次作代会临时党组，中国作协党组书记金炳华任书记，张健任副书记。各省代表团为一个临时党支部，宣布了各临时支部的书记名单，湖北团的书记为团长陈连生。接着中宣部副部长李从军讲话，他谈文学大好形势及当下文学应注意的问题，讲了党员代表在会议期间应起表率作用。最后金炳华讲话，也是对党员代表提出要求。

下午5点散会，坐原车回北京饭店吃饭。

晚6点40分全体代表上车，又到全国政协礼堂，参加七次作代会的预备会议。中国作协副主席张炯主持会议。会议内容共六个：1. 张健作中国作协七代会筹备工作报告；2. 高洪波作关于中国作协七代会代表资格审查报告；3. 审议通过中国作协七代会议程；4. 审议通过中国作协七代会主席团名单；5. 审议通过中国作协七代会秘书长、副秘书长名单；6. 金炳华讲话。湖北代表团的王先霈、韦启文、池莉、陈连生四人进入大会主席团名单。大会秘书长为张健。金炳华在预备会的讲话中强调，七代会从筹备开始就受到中央的高度重视，希望代表们共同努力，把大会开成民主、团结、鼓劲、繁荣的大会，开成振奋精神、开拓进取的大会。

9点之后，预备会散，回北京饭店。

2006年11月10日　星期五　晴

大会秘书处就今天的会议传达了中办的10条注意事项，很详细很具体。早7点起床，8点各代表团集合代表上车，首汽集团的豪华大客车，车队在长安街上行进，很是壮观。到达人民大会堂东门，代表们排队过安检，有人就抓紧时间拍照，我们湖北代表也拍了不少，现在的数码相机十分普及，差不多每人都带了一部。

9点钟之前代表们凭各自的票在座位上坐好，湖北团在中二区，我是20排46号，紧挨过道，左边是於可训。今天会议，文代会与作代会代表在一起，有3000余人，人民大会堂楼下座位全部坐满。主席台上的10面红旗分竖两边，鲜花摆满台沿，既庄重又充满了鲜活的气息。

9点，胡锦涛总书记与中央政治局常委吴邦国、温家宝、贾庆林、曾庆红、吴官正、李长春、罗干走进会场，音乐响起，掌声雷动。中央领导在主席台第一排很快坐好。中国作协党组书记金炳华主持会议，他宣布中国文学艺术界联合会第八次、中国作家协会第七次全国代表大会开幕。中国文联主席周巍峙致了开幕词。中华全国总工会副主席孙春兰代表中华全国总工会、中国共产主义青年团、中华全国妇女联合会、中国科学技术协会、中华全国归国华侨联合会、中华全国台湾同胞联谊会、中华全国新闻工作者协会等人民团体向大家致祝词。中国人民解放军总政治部副主任孙忠同代表中国人民解放军和武警部队向大会致祝词。在主席台上就坐的还有贺国强、王刚、徐才厚、许嘉璐、盛华仁、陈至立、刘延东、刘云山、陈奎元、李蒙等领导同志以及本次文代会作代会主席团成员。

当胡锦涛总书记走上发言席作重要讲话时，会场上再一次响起热烈而持续不息的掌声。胡总书记代表党中央、国务院向大会的召开表示热烈的祝贺；向全体代表并通过代表向全国广大文艺工作者致以崇高的敬意和诚挚的问候。胡总书记的讲话约7000字，对文艺工作的重要性及文艺工作者的贡献作了充分的肯定。

讲话强调，繁荣社会主义先进文化，建设和谐文化，是我国广大文艺工作者的庄严使命。一切有理想有抱负的文艺工作者，都要担当起时代赋予的神圣使命，积极投身讴歌时代的文艺创造活动；都要密切同人民群众的血肉联系，积极反映人民心声；都要大力发扬创新精神，积极开拓文艺的新天地；都要做到德艺双馨，积极履行人类灵魂工程师的职责。胡总书记的讲话用了近1个小时。当他讲完话，走下发言席先向会场的全体代表再向主席台上坐着的人员躬身致意时，雷鸣般的掌声再一次响起来，胡总书记从座位上站起来再次向大家招手致意。

才过10点，开幕式结束，代表们乘车回到北京饭店。

下午2点半，各代表团讨论。作代会共有43个代表团，分成27个小组。湖北甘肃为第24组，讨论地点在北京饭店A座15楼24号会议室。我们组的会由湖北团团长陈连生主持，讨论内容为胡锦涛总书记在八次文代会七次作代会上所作的重要讲话。第一个发言的是甘肃老诗人高平，他早用一张纸写好了，对胡总书记的讲话给予了极高的评价。高平发言简略，他说这是他第四次参加作代会了。甘肃武玉笑是小八路出身，今年77岁了，老头身体不错，说了胡总书记的讲话后，又说甘肃与湖北分在一个组很高兴，甘肃与湖北有缘，说到徐迟到敦煌、骆文到甘肃，当年李季从玉门到武汉办《长江文艺》，言说中很见情谊。接着湖北团的韦启文、王先霈、陈连生、程远斌、谢克强、刘富道、洪洋、董宏猷、徐鲁都纷纷发言。全部代表基本上都发了言，我也说了自己的体会。胡总书记的报告给大家的心灵带来了春天，是文艺工作者建设社会主义和谐文化的指路明灯。讨论会在下午 5 点钟才告停。

晚 7 点在房间看中央电视台新闻联播，今天新闻用了 16 分钟报道八次文代会与七次作代会开幕式的消息，重点报道胡锦涛总书记的讲话。在电视屏幕上不时见到湖北参加文代会和作代会代表的面孔，在报道代表分小组讨论时，我一下子发现了我的图像，只是扫过了那么一下子，这也是很难得。马上梁必文来敲我的门，说是看见我了，明天要我请客。我的手机响了，咸宁柯于明发短信，武汉王新民等人打电话，说是看到我了，很高兴，祝贺我。谢谢他们关心我。

晚 8 点，我和梁必文、陈应松、刘继明一起到北京饭店 C 座一楼金色大厅看文艺节目，碰到湖北籍在北京的作家野莽和住在鸿坤饭店的董宏量，我们边看节目边聊天。节目由中国煤矿文工团演出，翟弦和亲自主持，欢歌漫舞，悦心赏目。

2006 年 11 月 11 日　星期六　晴

8 点半全体代表进入北京饭店 C 座一楼金色大厅，代表们必须戴着胸牌由电子门走过，在你进那门时，你的头像和所属代表团立即在旁边的屏幕上出现。今天的座位上都有代表的姓名牌，我坐在了第3排，左边是山东的王兆山，右边是广东的韦丘。上午是作代会第二次全体会议，由丹增主持。第一项内容是金炳华作《中国作协六届全委会工作报告》，第二项内容是高洪波作《关于修改〈中国作家协会章程〉的说明》。

金炳华作报告前，全体代表起立，向六次作代会以来去世的中国作协主席、名誉副主席、委员及中国作协会员默哀！丹增念去世者名单时，湖北的骆文老在其中，六次作代会时，骆老和我们还在一起。

金炳华的报告题目是《团结和谐开拓创新 迎接社会主义文学事业的新辉煌》，全文长达27000余字，分四个部分。第一部分：五年来我国文学事业取得的成就及其特点。这部分提了一批优秀作家和优秀作品，我省作家被依次提到的有刘继明、胡世全、陈应松、熊召政、王先霈、池莉、方方、刘醒龙。第二部分：五年来中国作协及各团体会员工作回顾。这部分中提到湖北作协有三处，一是建立创作基地，二是编辑出版《少数民族作家丛书》，三是推行专业作家与合同制作家相结合的管理新机制，第三部分：文学要在构建社会主义和谐社会中发挥应有的作用。第四部分：以人为本，科学发展，开创社会主义文学事业全面繁荣的新局面。金炳华读得还算是快的了，整整读了两个小时。

接下来高洪波读《关于修改〈中国作家协会章程〉的说明》。高洪波的声音洪亮，读得也很快，使得有些疲倦的代表恢复了精神，因为大会很快就要散会。

下午 2 点半，仍在 15 楼 24 号会议室讨论，今日讨论由甘肃省代表团团长张家昌主持。讨论的内容为金炳华所作的会务工作报告和高洪波所作的修改章程的说明。王先霈、韦启文、於可训、谢克强等人就章程事发表了自己的意见，并就金炳华的报告中的某些内容进行了讨论与阐述。甘肃的同志也都纷纷发言，三言两语有话则长无话则短。

我发言时又是说期刊。我说金炳华同志在报告的第四部分的第三段，谈的是更新观念，深化改革，积极发展文学事业和文化产业。中国的文学期刊是文化事业，特别是各省作协办的文学期刊担负着发现培养本省文学新人、推出优秀文学作品的任务，国家应将其列为公益性文化事业，给予扶持，加大投入，更不应指望它去赚钱，去创收。我以《长江文艺》这个老牌刊物为例，说了其在新中国文学发展中所作的贡献，而现在步履艰难，但我们还是要坚持下去。中国作协应该有期刊工作委员会，应该重视文学编辑的劳动，应该为发展文学期刊做些事情。金炳华同志的报告中没提编辑一个字，这是个缺憾。我的发言立即得到甘肃代表和我省同志的呼应，大家立即七嘴八舌就期刊事进行了讨论。小组讨论会在 5 点左右结束。

晚上 6 点，在北京搞影业公司的原襄樊作者刘君到北京饭店门口接我，其他人都不在了，我约了段明贵、陈应松一起坐他的车，前往工人体育馆旁边的

“三个贵州人”酒店吃饭。群众出版社文艺室主任张蓉打电话约我吃饭，我让她自己到“三个贵州人”来。我们的包间叫“三个一”。刘君一说，这酒店是个画家办的，档次还不错。我们点了几个贵州菜，陈应松点了个鱼腥草，他说这几天在北京饭店吃好了，现在要吃点清火的东西。喝了一瓶法国白葡萄酒。我们谈文学，谈电影。刘君一谈他当年从襄樊到北京，怎么闯荡，挖到第一桶金与第二桶金，他在投资电影电视上的一些打算。他16岁开始写东西，在《长江文艺》上发小说，口口声声喊我刘老师。大家喝酒谈天，甚是快乐。

刘君一送我们回北京饭店，已是9点半钟了。

2006年11月12日　星期日　晴

今天是此次会议内容最多的一天。8点大会主席团全体成员开会。全体代表9点15分到金色大厅参加第三次全体会议。半个小时，通过《关于〈中国作家协会章程〉的决议》；张健作《关于中国作协第七届全委会委员候选人建议人选情况的说明》。

9点45分，各组到各组会议室讨论：1. 讨论《中国作协第七届全委会委员选举办法（草案）》；2. 酝酿中国作协第七届全委会委员候选人建议人选。今日分组讨论又该湖北代表团团长陈连生主持了。大家坐定，陈连生问大家对选举办法与全委会委员候选人建议人选有无意见？湖北甘肃的代表们马上都说：没有意见。陈连生就说大家没意见，就散会。全委会委员候选人建议人选的情况印成了一个本子发给大家看了后，立即收了回去。本子上印有“机密”二字。

10点20分，各代表团团长又集中开会，汇总代表意见。

11点，大会主席团开会，通过选举办法及几个名单。

11点30分，金色大厅，全体代表参加第四次全体会议。今日的座位又重新排定，每个代表座位上都放一支涂写选票的专用笔。会场四周放着6只票箱。我的座位左边是邓一光，右边是刘继明。大会由张健主持，工作人员宣读《中国作协第七届全委会委员选举办法》，代表们举手通过；工作人员又宣读选举全委会委员监票人建议名单，总监票人：晓雪、严阵；监票人：于建明、王松、王久辛、张玉玺、陈志红、周桐淦、萨仁图娅，代表们举手通过。工作人员把特制选票发到代表座位上，代表们对候选人员不同意或是弃权只需用专用笔涂写某个框框就行，甚是方便。投票开始，大家依次走到票箱边，将自己神圣的一票投进去，然后到会场外或座位上休息，等候电子计算机计票的结果。等的时间并不太长，代表们又回到自己的座位，听工作人员宣布选举结果，个人委员及团体委员共199名全部当选。得票最高为史铁生，有845张。

选举结果宣布之后，已到下午1点钟，代表们才去餐厅用餐，而住在鸿坤饭店的代表还得乘车回去吃饭。

下午2点45分是中国作协七届全委会第一次会议，选上的委员又得去开会。我省共有韦启文、方方、刘醒龙、池莉、陈应松5位委员。其他代表下午自由活动。

我今天早上睡到9点才醒，匆匆起来参加9点15分的大会，早餐都没吃上，中餐又吃得晚，挨了一次饿。下午在房间睡到快4点起来，就一个人沿着长安街往西走，约15分钟，就到了天安门广场。全国各地来天安门的游客很多，外国的游人也夹在人群中，甚是热闹。天有些凉，有小风，我一个人默默地站在天安门城楼边，看高悬在城楼的毛泽东巨幅画像，脑子里真有些浮想联翩了。我一个农民的儿子，已年过半百，要认真做人做事，向伟人学习，做一个有点用处的人啊！

晚7点10分，金色大厅举行音乐茶座。我和梁必文、刘继明结伴进去，找了张桌子坐下，桌上有水果、核桃仁、茶水、糖块等吃喝的东西。同桌的还有河北诗人刘小放与他的亲家徐光耀，徐光耀80多岁了，不论是吃饭还是开会，刘小放总是跟着他，我想主要是照护他了。我对光耀老师说，我是看《小兵张嘎》长大的，你的这部作品在中国可是家喻户晓哩。梅洁大姐是河北专业作家，她的散文与报告文学写得很好。她是湖北人，和段明贵一起来我们桌上聊家常，我们也照了不少相。舞台上的乐队是海军的，有演员唱歌表演节目，作家们也上去唱，我省董宏猷上台唱了一支《三峡我的故乡》，赢得了一阵掌声。隔壁桌上坐着的董宏量跑到我们这一桌上来了，聊天与看演出同样快乐。晚会上有抽奖活动，大小几十个奖，湖北人一个也没轮上，有几个奖与我和梁必文的票号只隔一两个数字。特等奖是部数码照相机，由金炳华抽出，被上海团江曾培获得。同桌的刘小放与徐光耀的两张票号码挨在一起同时中奖，各获一部子母电话机。二等奖是DVD，一等奖是豪华电饭煲。我和必文、继明都说，幸好我们没抽上，否则回家时东西太多，拿不完。这倒也不一定是阿Q的自我安慰。

2006年11月13日　星期一　晴

今天安排了两场报告，三进人民大会堂，文代会与作代会在一起活动一天。8点，乘车到人民大会堂东门，在等待过安检门时大家继续照相。见贾平凹站一边被几个代表作道具似地轮流照相，我和梁必文也上去轮流与他照了一张，老贾乐呵呵的与我们握手。

9点钟，国务委员唐家璇作国际形势报告，他开场声明要讲3个小时，果真就讲了3个小时。唐家璇主要讲中美关系、中日关系、朝核问题。他的精神很好，声气十足，倒是我们听得有点疲倦，3小时没休息，厕所都不能上。唐家璇的报告12点钟结束，大家返回饭店吃饭并略作休息。

下午2点又上车到人民大会堂东门，照例排队过安检，按照各人的票在座位上坐好。3 点时，温家宝总理走上台，大家热烈鼓掌。温总理的报告听起来就亲切轻松些了。他说在座的许多老作家，我是读你们的书长大的。冰心先生弥留之际，我到医院与她诀别，冰心的女儿要我在一个小本子上签字，我说冰心先生的文品与风骨都堪称楷模。到上海时，去看望巴金，读巴老的《随想录》，有震撼的感觉。吴祖光曾送我新凤霞画的牡丹，那画与她人一样的美。我曾托范敬宜带诗给李瑛看，李瑛问范敬宜，总理知道我吗？我给他写信说：我不仅知道你，而且还为你这样的诗人感到荣耀。说到这里，温总理问坐在他旁边的金炳华，李瑛同志参加会了吗？金炳华回答参加了。这时只见台下听众中站起一人，白发苍苍，就是李瑛，会场立时掌声雷动。温总理继续说：季羡林先生在北京 301 医院住院，我去看他，和他谈和谐社会问题。季先生说社会和谐，人与自然和谐，人也要自我和谐。季先生的话很好，后来十六届六中全会的文件中写进去了。温总理接着谈了我们国家的经济形势，提出当前面临的主要矛盾仍然是人们日益增长的物质文化需要同落后的社会生产力之间的矛盾。他对文艺工作者提出要求：第一，追求弘扬真善美。第二，解放思想，贯彻“双百”方针。第三，文学艺术家要有强烈的社会责任感。温总理在报告中号召大家要用心说话，用心做人，用心作文。他说：我要向大家学习，我是大家的朋友。温总理的报告在热烈的掌声中于 5 点钟结束。

晚上8点，文代会与作代会的全体代表，在人民大会堂二楼宴会厅，参加主题为“和谐阳光百花芬芳”的联欢晚会。宴会厅摆满了桌子，有3500余人围桌而坐，桌上摆的是水果点心糖果和茶水，湖北代表团是两张桌子，我和陈应松、刘继明、董宏猷、段明贵进去时，位子已被别人坐走了。工作人员把我们带到另一张桌子边，和几个新疆内蒙的代表坐一起。晚会由著名歌唱家、表演艺术家们演出精彩节目。演唱京剧《我是中国人》的是于魁智、李胜素、孟广禄、袁慧琴，而京胡伴奏是冯巩。当总书记胡锦涛与著名四大男高音歌唱家李双江、吴雁泽、刘斌、刘秉义登上舞台，唱起《在那遥远的地方》时，晚会达到了高潮，会场掌声、喝彩声不断。大家齐声要求总书记再来一首，晚会主持之一姜昆对四位歌唱家说，你们能不能小声点，平时听你们的歌多，这次我们要听总书记的歌声。全场大笑，连总书记都不禁莞尔。胡总书记又和四位歌唱家唱了一首《莫斯科郊外的晚上》，掌声又一次响起，晚会结束时，全场代表和国家领导人齐声高歌《歌唱祖国》，歌声唱出了大家的心声。

2006年11月14日　星期二　晴

中国作协新当选的第七届全委委员们上午去人民大会堂听取中央领导同志讲话，代表们自由活动。部分代表到军事博物馆看纪念红军长征70周年纪念。我因受到《北京文学·中篇小说选刊》章德宁、关圣力的邀请，11 点要去聚会. 就在饭店，顺便把行李整理一下。11 点时，与《星火》主编熊正良、《飞天》主编马青山结伴，出北京饭店沿长安街往东步行。在路上又碰到《雨花》主编姜莉敏、《时代文学》主编李广鼐，我们找到北京市政协会议中心。在一间包房里，坐了两桌，参加《北京文学·中篇小说选刊》聚会的还有《江南》主编袁敏、副主编谢鲁渤，《西湖》主编嵇亦工，《清明》主编季宇、副主编潘小平，《作家》主编宗仁发，《钟山》主编贾梦纬，《黄河》主编张发，《山西文学》主编韩石山，《青海湖》副主编风马等。喝北京二锅头酒，谈各自的期刊状况，韩石山热闹人，倡导签名成立期刊联谊会，主编们的签名写在菜单上。中午两点半回饭店。

下午 3 点，全体代表到金色大厅参加七次作代会的闭幕式。新当选的中国作协主席副主席们坐在主席台上。大会由刘恒主持。宣布主席副主席、主席团委员和书记处书记名单。主席铁凝，副主席王安忆、丹增、叶辛、刘恒、李存葆、张平、张抗抗、陈忠实、陈建功、金炳华、高洪波、蒋子龙、谭谈。主席团委员 29 人，湖北作家中只有池莉进入主席团。书记处书记为金炳华、张健、陈建功、高洪波、张胜友、陈崎嵘。

闭幕式的第二项议程是宣读《中国作协七届一次全委会关于推举名誉职务的决定》，并由中宣部领导与中国作协主席副主席们为他们颁发金质纪念章和证书。

我省王先霈为名誉委员，获金质纪念章和证书；碧野先生上届就是名誉委员，这届还是。第三项议程是通过《关于〈中国作协六届全委会工作报告〉的决议》。最后由新任中国作协主席铁凝致闭幕词。铁凝是中国作协继茅盾、巴金之后的第三位主席，今年只有49岁，此前她是中央候补委员、中国作协副主席、河北省作家协会主席。她1975年开始创作，已经31年了。她的中短篇小说《哦，香雪》、《没有纽扣的红衬衫》是新时期文学的代表作，后来出版的长篇小说《玫瑰门》、《大浴女》、《笨花》都产生过影响。铁凝被选为中国作协主席后，《北京日报》介绍她时，标题是《铁肩担道义 凝聚作家心》，挺贴切的。铁凝的闭幕词是《在构建社会主义和谐社会的伟大进程中创造中国文学的新辉煌》。

铁凝致完闭幕词，中国作协七次全国代表大会胜利闭幕。

晚上6点，谢克强、梁必文和我一起请湖北籍在京诗人叶文福乘出租车，到北京前门全聚德老店吃正宗的北京烤鸭。我们点了一只全鸭以及鸭心鸭肝鸭掌之类的菜，喝了三瓶啤酒，服务员给我们一张全聚德烤鸭纪念卡，卡上写着："您享用的是全聚德第［1.15亿（前）274178］只烤鸭。'"我们没管这只鸭子是第多少只。我们只谈诗与文学，只谈我们湖北，只谈友谊和爱情。叶文福曾患癌症，是妻子的爱把他从死亡的边缘拉回来，使他战胜了疾病。这位写过《将军，你不能这样做》的诗人，年过花甲，仍充满了诗的激情。从前门回到北京饭店后，叶文福上楼聊了会天，便告别回去了。

2006年11月15日　星期三　晴

大会散了，各省代表分批离去。湖北代表团买的是今晚8点半的火车票，白天还得在京待一天。早饭后，我找柳火生要车，让他的司机送我到圆明园去看一看。到北京多次，没去看圆明园，岂不遗憾。买票进了园子，看了八国联军抢掠烧砸后留下的遗迹，让司机为我照了许多张相。据说有人提出要重修圆明园，我认为没有这个必要。现在这样子，更是一道震撼中国人心灵的风景。

从圆明园出来，让司机把我送到群众出版社，司机就回去了。见到文艺室主任张蓉，清了一包书准备带回去。中午，陈松叶赶过来，加上群众出版社当过我的《老汉口奇案》的责任编辑张晔，共四人，张蓉请吃饭，喝了酒。

从群众出版社回到北京饭店房间，即开始清理行李，书比较多。晚上7点，湖北代表在一楼大堂集合。退房间时，刘继明因来客喝了房间的两瓶矿泉水，交了108元钱。程远斌与梁必文在房间看电视时，因点了电影频道，程交80元钱，梁交78元钱，梁说他的电影只看了一半。大家笑说：好贵啊！

中国作协新上任的书记处书记陈崎嵘送我们上车，

车到北京西站，37 次快车，仍是 12 车厢，我和韦启文、徐鲁、高晓晖在一包间。高晓晖作为随团工作人员，这次累坏了，他说要回去睡 3 天。

再见了，北京！我们精神饱满返回湖北。

参加全国八次作代会日记
(2011.11.19–2011.11.27)

2011年11月19日　星期六　晴

早两天接到通知，参加全国八次作代会的湖北代表今天出发。下午5点半，带上行李在作协大院乘车。参加全国文联九次代表会的代表也在院子里乘车，两会代表的车一起到达东湖宾馆宴会厅。晚上由省委省政府宴请并欢送两会代表。因有重要接待任务，省委书记李鸿忠、省长王国生、省委副书记张昌尔不能参加晚上的欢送会了。6点，欢送宴会由副省长张通主持，先由省文联主席沈虹光讲话。沈虹光首先感谢了省委省政府领导对文艺工作者的关心，还感谢了全省文艺界人士对代表们的信任，表示一定代表全省文艺工作者到北京开好会，为发展和繁荣湖北的文艺事业作出更大贡献。沈虹光讲完之后，省作家协会主席方方讲话。方方代表作家们对省委省政府的欢送表示谢意。方方说，湖北的作家们都在努力创作，这几年他们写出了不少好作品，得了不少奖。希望下次作代会湖北的代表中，出现更多的年轻人。湖北参加全国作代会的代表一定能开好这次会，不辜负省委省政府和全省人民的希望。

两位主席讲完之后，省委常委、宣传部长尹汉宁讲话。尹汉宁部长说，自全国八次文代会七次作代会后，五年来，我省的文学艺术事业取得了很大的成就，出现了一批优秀的文学艺术人才，创作了一批优秀的文学艺术作品。刚刚在武汉闭幕的全国第六届中国京剧艺术节，在获得金奖的七台戏中，我省的《建安轶事》与《水上灯》双双夺金。文学鄂军排位在全国第一方阵，鲁迅文学奖、茅盾文学奖都有我省作家夺魁。尹汉宁部长还说："九、八"代表大会是"八、七"代表大会后的一次重要会议，我省两会代表是"三个五"，即全省五万名文学艺术工作者选出55位代表，文代会代表33人，作代会代表22人。代表中年龄最长的是八十多岁的老画家周韶华，年龄最小的是四十来岁的杂技艺术家梅月波，还有夫妻代表（作代会代表陈应松、其妻李家玉为文代会代表）。代表中的大师精英，有一个重要责任就是培养年轻人，在提携后进中要发挥作用，做好承接工作。最后尹汉宁部长表示省委省政府省委宣传部一定要创造良好的环境，保护作家艺术家的创造性，把全省的文学艺术工作推向一个新的高度。

尹汉宁部长讲话之后，宴会正式开始。两会代表围着一个长方形的宴会大桌子坐着，尹汉宁部长与张通副省长沿着桌子一一给代表们敬酒。7点半，张通副省长作了一个简洁的讲话，说代表们是代表全省6000万人民赴京开会的，任重道远，祝大家一路平安。

宴会结束了，两会代表分乘三辆中巴车到达武昌火车站，乘38次列车前往北京。

八次作代会湖北代表团团长为蒋南平，代表有方方、黄运全、王先霈、王新民、车延高、田禾、刘川鄂、刘益善、刘继明、刘富道、刘醒龙、华姿、池莉、何存中、陈应松、於可训、林白、徐鲁、梁必文、董宏猷、谢克强。

2011年11月20日　星期天　晴

早7点，38次列车到达北京西站，中国作协工作人员与湖北代表团工作人员吴小斌在站台上等着。吴小斌是提前一天到北京的。工作人员持一束鲜花献给方方主席。七次作代会时，每个代表都得到一束花，这次是一个团一束花。作代会湖北代表团乘一中巴车，前往北京饭店A座。吴小斌给大家发了房卡，湖北团都住A座，我住5042房，与七次作代会一样，仍是一人一间，条件够好的了。放好行李，洗漱一番，乘电梯到一楼自助餐厅吃早点。端着食物坐下来，江西文联主席刘华刚好过来，我们是老朋友了，就坐下来寒暄。陈应松、田禾也端着盘子过来，湖北与江西、湖南开过两次三楼笔会，大家都是熟人。且方方、陈应松都认为自己是江西人，刘醒龙是江西的女婿，湖北作家王芸近年嫁到江西，湖北、江西作家有说不尽的话题。刘华主要说下届三楼笔会要到江西下面地方去开，不能总是武汉、长沙、南昌三地跑。江西可看的地方多着呢！我们都表示赞同。

早餐之后，上到五楼，先到吴小斌房间里领了会议材料、纪念品和代表胸牌。拎了东西回到房间，立即细看代表名册，各省代表中有我的许多朋友，这次有了见面机会，可以在一起聊天了。参加全国八次作代会的代表共有 977 名，其中当然代表 196 名，选举产生的代表 589 名，特邀代表 192 名。代表名册上最年长的代表是杨绛女士，今年 100 岁，上海徐中玉先生，虚岁 98 岁，四川老作家马识途，今年 97 岁。70 后 80 后的代表也不少，而最年轻的代表是北京女作家霍艳，今年 24 岁，她与杨绛女士相差 76 岁。当年明月、唐家三少等知名网络作家也作为代表出现在名册上，这是过去不曾有的。金庸、潘耀明、吴志良、陈映真等 12 名港澳台代表，严哥苓、尤今等 11 名在海外华人华侨中有影响的作家都出现在名册上。这将是一次文学的盛会。

看完代表名册，给北京的几个朋友通了电话，约好了见面时间。约 10 点，谢克强打电话来，言张同吾在他的房间里，要见见面。立即到三楼谢克强的房间，田禾也到了。张同吾是中国诗歌学会秘书长，这些年中国诗歌学会可搞了不少活动，为当代中国诗歌做了不少的事。二十世纪八十年代，我的组诗《我忆念的山村》发表时，同吾兄还在《文艺报》上发表文章，称其为“刻画中国农民性格特征的力作”。张同吾主要是和我们说中国诗歌学会换届的事，征求些意见，之后给我们三人一人送了一套《张同吾文集》，七卷本。11点之后，回到房间。12点，在北京做文化生意的柳火生开车来，接我与董宏猷、王新民。董宏量作为全国冶金作协的代表，住在11楼，把他也喊下来了。柳火生接请我们四人到北京饭店附近的叫南新仓的地方吃饭。柳火生原在武汉市作家协会工作，写诗，江夏人，算是文学界出来的人，他特地为我们接风。南新仓是清代的一个粮食仓库，那老房子还在，算是一个古迹，很难得。柳火生请我们吃饭时，来了一个解放军出版社的女编辑郭宪辉，大家交换了名片，谈文学，很是快乐。

饭后，柳火生用车把我们送回北京饭店。下午，上届中国作协全委会委员开会，我省的委员黄运全、方方、刘醒龙、陈应松去开会，池莉还未到。其他代表自由活动。我在房间睡觉，起来后读了一会书。

2011年11月21日　星期一　晴

早饭时碰到刘醒龙，说起两部稿子事。他们上午又去开全委会。与王新民一起到车延高房间聊天，车延高却外出了。与新民回到我房间聊天。群众出版社文艺编辑室主任张蓉来看我，她出版过我的两本书，还出过《刘醒龙文集》。张蓉言已退休，被九州出版社聘用去了。此人编书出版是有成就的。10点后，刘醒龙、梁必文都来我房间看张蓉了，张蓉曾到过长阳省作协办的一次长篇小说笔会组稿，梁必文接待过。张蓉与湖北一批公安作家很熟。大庆市作协主席我的老朋友庞壮国也到房里聊天，甚是热闹。11点半之后，大家散了，各自吃饭去。

下午2点半，代表中的党员到北京饭店C座金色大厅开会，没有标明座位区域，大家随意坐，我就坐到江西陈世旭旁边了。3点钟大会开始，主席台上坐着中国作协领导与中组部、中宣部的领导。主持者宣布中共中央组织部文件，八次作家代表大会成立党组，党组书记副书记及成员名单，也就是现在的中国作协党组人员，另加了廖奔、白庚胜，据说是从中国文联调过来的，而原中国作协党组成员杨承志则调到中国文联去了。宣布完党组人员名单后，接着宣布各代表团支部书记名单，这次作代会有39个代表团，湖北代表团的党支部书记是黄运全。接着，中共中央宣传部副总长翟卫华讲话，强调了八次作代会是在中共十七届六中全会之后的一次文学盛会，党员同志一定要带头开好这次大会，遵守党的纪律。翟卫华副部长的讲话言简意赅，获得大家的掌声。旁边有代表说，五年前的七次作代会上，当时的中宣部副部长李从军在党员代表会上的讲话，可比这个讲话长几倍呢！李从军当时谈了很多文学话题，表示他是个对文学有研究的人。翟卫华副部长讲话完了后，中国作协党组书记李冰讲话，也是从党员代表这个角度讲起，要求大家讲党性，开好会。李冰讲话之后散会。下午4点半，各代表团的团长又开会。

晚上7点40分，在金色大厅召开八次作代会的预备会议，全体代表参加，中国作协主席铁凝主持会议。中国作协党组书记李冰在预备会上讲话。他说八次作代会是党的十七届六中全会精神的学习会，是贯彻十七届六中全会精神的动员会。这次大会的主要任务是：认真学习党的十七届六中全会精神和胡锦涛总书记在第九次文代会、第八次作代会开幕式上的重要讲话；回顾和总结5年来中国作协的工作，分析和探讨新形势下文学工作面临的机遇和挑战；选举产生新一届中国作协的领导班子。李冰讲话之后，中国作协党组副书记张健作《中国作家协会第八次全国代表大会筹备工作报告》，分别就八代会筹备工作的指导思想和进展情况、《中国作家协会第七届委员会的工作报告》的起草、《中国作家协会章程》的修改、代表和人事工作，以及大会会务和会议的开法，向大家作了详尽的报告。中国作协党组成员廖奔向大会作了《中国作家协会第八次全国代表大会代表资格审查报告》。两项报告均全票表决通过。预备会还全票表决通过了《中国作家协会第八次全国代表大会议程》、《中国作家协会第八次全国代表大会主席团建议名单》和《中国作家协会第八次全国代表大会秘书长、副秘书长建议名单》。预备会散会之后，大会主席团召开会议，代表们自由活动。

2011 年 11 月 22 日　星期二　晴

早晨 7 点电话叫醒，用过早餐后，8 点半到北京饭店 A 座大厅集中，住在 A 座的各省代表由一人举着牌子聚拢，湖北代表团的牌子由何存中举着。吴小斌四处召集人，大厅里人头攒动，好一派鼎盛景象。湖北团与甘肃团同乘一辆大巴车 20 号。上次作代会我们也是与甘肃代表团一个组。在车上见到了高凯等人。车队从北京饭店出发，在长安街上浩浩荡荡，很快经过天安门广场，到达人民大会堂门口。出席中国文联全国九次文代会的代表也来了，在门口碰到我省出席九次文代会的代表。文代会作代会两会代表相会，少数民族代表穿着艳丽的民族服装，分外亮眼。作代会湖北代表团在人民大会堂门前台阶下照了两张合影，各代表团都在照合影。随后凭票过安检。本来会议通知代表不要带照相机，但我见入场券后面规定的是“请勿带专业摄影、摄像器材”，认为傻瓜相机不是专业摄影器材，因而带上了。排队通过安检，我带的小相机被查出来了。换一个地方过安检，还是被查出来。见董宏猷带了包，我与华姿、李家玉把相机放他包里，叶梅与另一女同志也把相机放董宏猷包里了。我们掩护董宏猷闯关，很快董宏猷被拦在外面，我们过去了。我眼睁睁地看着董大胡子为我们的相机进不来，很是惭愧。宏猷后来将包送到车队 19 号车找师傅存下后，才进来。他自己没带相机，为我们的五部相机而奔波，真是助人为乐也！

我的座位是一楼中四区 14 排 62 号，左边是王先霈老师，右边是广西《南方文坛》的主编张燕玲。张燕玲告诉我入场券上有个错别字，这券有收藏价值。我一看，票上印着的“中国文学艺术界联合会第九次全国代表大会”中的“界”字错成“届”字，这种错误是少有的。重庆《红岩》主编刘阳过来喊“大哥”，手里举着照相机要和我们照相，我说你是怎么把相机带进来的？她狡黠一笑说：我是聪明的狐狸么！

上午 10 点不到，音乐声响起，中共中央政治局全体常委依次走上主席台。当胡锦涛、吴邦国、温家宝、贾庆林、李长春、习近平、李克强、贺国强、周永康在主席台前排就坐时，全场响起长时间的热烈掌声。10 点整，中国文学艺术界联合会第九次全国代表大会，中国作家协会第八次全国代表大会在全场高唱中华人民共和国国歌声中开幕。开幕式由中国作协党组书记李冰主持，中国文联主席孙家正致开幕词，共青团中央与中国人民解放军总政治部负责人代表人民团体与解放军、中国人民武警部队致贺词。当主持人宣布中共中央总书记、国家主席、中央军委主席胡锦涛作重要讲话时，掌声再一次长时间热烈地响起。胡锦涛同志走下座位，到台前先向全体代表鞠躬致意，再向主席台上坐着的人鞠躬致意，然后登上发言席讲话。他首先代表党中央、国务院，向大会的召开表示热烈的祝贺，向与会各位代表和全国广大文艺工作者致以崇高的敬意和诚挚的问候。胡总书记的讲话全文 4500 余字。讲话指出，文艺是民族精神的火炬，文艺事业是中国特色社会主义的重要组成部分。我国广大文艺工作者对祖国和人民有真情挚爱，对国家和民族有担当奉献，对艺术和事业有坚守追求，是一支党和人民完全可以信赖的队伍。他希望广大文艺工作者始终坚持正确方向，更加自觉，更加主动地承担起用社会主义先进文化引领社会进步的历史责任；始终坚持以人为本，更加自觉、更加主动地承担起为人民抒写、为人民放歌的历史责任；始终坚持锐意创新，更加自觉、更加主动地承担起推进文化创造的历史责任；始终坚持德艺双馨，更加自觉、更加主动地承担起弘扬文明道德风尚的历史责任。

开幕式在 11 点之前结束，代表们乘车回各自的住地。八次作代会的代表除了住北京饭店外，还有一部分住在首都大酒店。下午两点半，代表们分组讨论学习胡锦涛总书记的重要讲话。湖北代表与甘肃代表在北京饭店 A 座 11 层 24 号会议室讨论。今天首次讨论由湖北代表团团长蒋南平主持，首先发言的是湖北省作协党组书记黄运全，接着甘肃的老作家杨文林发言，我省代表方方、何存中、於可训、林白、董宏猷、谢克强等纷纷发言，畅谈学习总书记讲话体会，表示要领会精神，认真去做。我发言谈了纯文学杂志列入公益性事业问题，立即得到刘醒龙的支持。文学刊物是作家登上文坛的阶梯与平台，文学刊物为作家成长、文学繁荣作出了重要贡献。我们的发言得到许多代表的呼应，甘肃的陈德宏、马青山等代表也就这个问题发表了看法。小组讨论到5点后结束。

晚7点，在房间里看中央电视台新闻联播，报道九次文代会八次作协会开幕的新闻达十多分钟，报道的显要性是少有的。

大会晚上安排的是音乐茶座，代表们自由参加。

2011年11月23日　星期三　晴

上午9点，北京饭店A座金色大厅，全体作代会代表佩戴好胸牌，通过电子门进入，按摆放的席位卡坐好。八次作代会第二次全体会议举行。李冰作《中国作协七届全委会工作报告》，铁凝主持会议。李冰报告的题目是《高举伟大旗帜　走中国特色社会主义文学发展道路》。报告分“过去五年的回顾”、“把握文学繁荣发展的黄金期”、“坚持文学的正确方向”、“实施文学精品战略”、“建设强大的文学人才队伍”、“扩大对外文学交流”、“加快推进改革创新”和“建设服务型学习型和谐作协”八个部分。报告最后呼吁：时代在召唤作家，人民在呼唤文学。让我们紧密团结在以胡锦涛同志为总书记的党中央周围，高举中国特色社会主义伟大旗帜，为我国文学大发展大繁荣而努力奋斗！李冰报告之后，中国作协副主席高洪波作了《关于修改〈中国作家协会章程〉的说明》。

上午10点半，代表分组讨论，审议《中国作协七届全委会工作报告》和《中国作家协会章程（修正案）》。上午讨论由甘肃代表团孙国秦主持。甘肃老诗人高平谈李冰报告中多次提主旋律多样化，而胡锦涛总书记报告中没有出现主旋律多样化的提法。接着甘肃高凯，湖北梁必文、徐鲁发言，一直到中午休会。下午2点半，继续讨论。到会议室参加讨论的代表少了不少，年轻些的缺席多。刘富道发言，谈作家要写好作品，写对得住人的作品，不要制造垃圾。五年出一万多部长篇小说，垃圾很多。田禾发言，谈这几年诗歌重新振起，政府举办诗歌节，培养年轻人，稿费要提高。这时，工作人员送来一大叠简报，都是各组讨论学习胡锦涛总书记报告的体会。简报上摘要的发言，基本上是事先写好，由大会安排的。我昨天的发言简报不仅没提一字，我的名字也在某某等发言中等掉了。我当即指出为什么不重视我们提的意见，这简报不反映问题有什么意义，我表示愤怒。刚好这时有电话来，我离开会场。

电话是王彬彬打的，她与先生老廖已到北京饭店大厅接我。王彬彬是武汉人，“文革”中在武汉军区大院长大，其父是王群。王彬彬在部队当军医，现已退休，知我来了，盛情邀我去她家。她写散文与诗词。我坐上她们的车，去了她们家，然后在一家酒店吃饭，王彬彬的弟弟王振刚夫妇作东。王振刚在三峡总公司纪委工作。席间谈文学谈武汉谈三峡建设，甚和谐。

饭后老廖开车，与王彬彬送我回北京饭店。在大厅碰到叶文福、梁必文、谢克强、黄运全几人，他们晚上在外面请叶文福吃烤鸭。因今晚是作代会代表联欢，我匆匆赶到金色大厅，联欢演出已进行到中场了，董宏猷代表我省作家上去唱的《三峡，我的故乡》已经演过了。大厅里摆满一张张圆桌，代表们围桌而坐，桌上有水果点心茶水。杭州的嵇亦工喊我坐到他们桌上，安徽季宇、新疆董立勃也同桌。聊天、唱茶，舞台上在报摇奖号，奖品是手机平板电脑，季宇中了一部手机。湖北代表没得到任何奖品。演出结束后回房间，田禾约我一起到大厅茶室，叶文福、黄运全、谢克强、梁必文在唱茶，我们加入，到11点才散。

2011年11月24日 星期四 晴

今天的会议很琐碎，一个接一个。8点，是大会主席团会议，他们的议程是：听取高洪波、李敬泽关于代表团审议《中国作协七届全委会工作报告》和《中国作家协会章程（修正案）》情况的汇报；审议《关于〈中国作协七届全委会工作报告〉的决议（草案）》；审议《关于中国作家协会章程（修正案）的决议（草案）》；张健作《关于中国作协第八届全委会委员候选人建议人选情况的说明》；审议《中国作协第八届全委会委员选举办法（草案）》；审议中国作协第八届全委会委员候选人建议人选名单。

9点15分，全体代表到金色大厅按座位卡入座。我左边是河南孙广举，右边是湖南汤素兰，前面是刘川鄂，后面是刘继明。这次全体全议只用了半个小时不到，代表们举手通过《关于〈中国作家协会章程（修正案）〉的决议》；张健作《关于中国作协第八届全委会委员候选人建议人选情况的说明》。

9点45分，代表们分组讨论。到11楼24号会议室，湖北与甘肃代表一起，蒋南平主持会议，大家对《中国作协第八届全委员委员选举办法（草案）》没意见，大家对发下来的中国作协第八届全委会委员候选人建议人选，共166名，也没意见。很快散会。

10点20分，各代表团团长，各组召集人开会，汇报各代表团酝酿中国作协第八届全委会委员候选人建议人选和讨论《中国作协第八届全委会委员选举办法（草案）》的情况。

11点，大会主席团开会，他们听取代表团讨论情况的汇报；通过《中国作协第八届全委会委员选举办法》；审议中国作协第八届全委会委员候选人建议人选名单；通过团体委员人选；通过总监票人、监票人建议名单。

11点30分，全体代表到金色大厅按席位卡入座，代表们必须佩戴胸牌通过电子门入内。大会开始，工作人员宣读《中国作协第八届全委会委员选举办法》，代表们举手通过总监票人、监票人名单。工作人员给代表分发选票，选举中国作协第八届全委会委员。选票为电子票，166 名候选人，等额选举。如不同意，只需在候选人名单旁的长方形小方框内涂黑。如同意，则不需要任何记号。我都同意，没有动笔，也有人在动笔涂写或添加。选票填完，然后一排排鱼贯而行，把选票投入箱内，再回原位，等结果。电子计票，结果很快出来了，没有落选的，只是有的票多点，有的票少点，这是意料之中的事。我省方方、池莉、刘醒龙、陈应松均以高票当选，黄运全为团体委员，董宏量作为冶金作协代表，也当了团体委员。选举会完，已近下午 1 点。

下午 2 点半，新当选的全委会委员举行第一次会议。会议内容为中组部负责人作关于中国作协第八届全委会主席、副主席、主席团委员候选人的说明；分组酝酿《中国作协第八届全委会主席团选举办法（草案）》及候选人建议名单和总监票人、监票人建议名单；通过《中国作协第八届全委会主席团成员选举办法》；通过总监票人、监票人名单；投票选举中国作协第八届全委会主席、副主席、主席团委员；宣布选举结果；通过《中国作协八届一次全委会关于推举名誉职务的决定》。

全委会之后，中国作协第八届主席团召开第一次会议。中组部负责人作关于中国作协第八届书记处书记建议人选的说明；通过《中国作协第八届书记处书记推举办法》；推举中国作协第八届书记处书记。

今天一天开了各层次的会议八个。真是多会之日。代表们下午自由活动。

下午3点，聂鑫森与野莽到我房间聊天，先说了我们几个人的“名家随笔”丛书新书发布会的事，然后野莽说了他母亲之死的经过，网上有文章在谈此事。野莽是个孝子，他母亲八十岁的老人，去冬患阑尾炎入家乡县城医院手术，医生术后将老人置于一间没暖气的病房，室外零下3度，室内只有1度。老人本有心脏病，手术后引发心肌梗塞不幸去世，属医疗事故。野莽要讨个说法，县里动员不少人入京与野莽做工作，要野莽放一马。野莽坚持要医院认错，处分医生，赔偿或315万元，或31万5千元，或3万1千5百元，总之与“315”相谐，目的是要留个警示。而且野莽表示将这笔赔偿金不论多少，都捐出来，用于救助县里贫困老人就医。我很赞赏野莽的这种做法，我们要维护老人的尊严，讨个说法，以告慰老人在天之灵。

4点半，湖北驻京办来了中巴车，接蒋南平、黄运全、梁必文、刘醒龙、谢克强、於可训、董宏猷、董宏量、王新民、吴小斌和我到湖北大厦，在京湖北籍诗人陈松叶也到了。驻京办主任何光忠请客。何的夫人蔡红是我们单位的机关党委专职副书记，何是省作协的女婿；同行的刘醒龙也是省作协的女婿，刘的夫人谢铮在《长江文艺》当编辑。席间董宏猷唱歌，陈松叶唱了汉剧。气氛很轻松也很和谐，大家兴尽而归。

王先霈、刘川鄂、华姿等人去国家大剧院听音乐会去了，其他人各人会各人的朋友去了。

2011 年 11 月 25 日　星期五　晴

上午 9 点，在金色大厅举行中国作协第八次全国代表大会闭幕式，全体代表按席位卡就座。

工作人员宣读中国作协第八届全国委员会主席、副主席、主席团委员和书记处书记名单。主席：铁凝；副主席：王安忆、叶辛、刘恒、李冰、李存葆、何建明、张平、张抗抗、陈忠实、陈建功、莫言、高洪波、廖奔、谭谈；主席团委员共 30 人，我省池莉继续为主席团委员，叶梅这次也新进了主席团，她在《民族文学》任主编。中国作协书记处书记共 7 人，他们是李冰、张健、廖奔、何建明、陈崎嵘、白庚胜，李敬泽。

工作人员宣读《中国作协八届一次全委会关于推举名誉职务的决定》。新退下来的中国作协副主席蒋子龙列入名誉副主席名单。我省王先霈先生仍为名誉委员。

通过《关于〈中国作协第七届全委会工作报告〉的决议》。

中国作协第八届全委会主席铁凝致闭幕词。闭幕词很精练，不足两千字。铁凝说，我们必须直面现实，勇于迎接更多的考验和磨砺，不辜负同行们的信任和期望。未来的大幕已经展开，我们将满怀信心和激情，迎接和创造中国文学更加灿烂辉煌的明天。

八次作代会的议程已经全部完成。回房间，约王新民外出，逛王府井新华书店，从一楼到四楼，买了一本冯骥才的《俗世奇人》。

中午1点，到北京饭店贵宾楼6148房间，与陈世旭、阿成、聂鑫森、野莽会合，刘醒龙稍后赶来。出版人尚振山请了北京一些媒体记者，为我们六人的“名家随笔”丛书举行新书发布会。照了些相，记者提问，就这套书，我们每位作者都回答了一些问题。这次新书发布会开得紧凑，也很有成效。因陈世旭、刘醒龙、阿成三位要去人民大会堂参加文联与作协的全委会，听取李长春的讲话，我们的新书发布会也就很快结束了。

下午3点半，海南作家杜光辉到房间聊天约1小时。杜的创作很勤奋，视小说为生命，令我感动。他的早期小说《浪滩上的女人》是在《长江文艺》上发表的。

晚7点半与甘肃代表合乘20号车前往人民大会堂宴会厅，参加“百花盛开在和谐年代——中国文联第九次全国代表大会、中国作协第八次全国代表大会联欢晚会”。我与黄运全、池莉、於可训、谢克强、梁必文、陈应松、刘继明围坐在第157号桌。李长春出席了联欢会，一批文艺界的人士上台演了些节目，宋祖英唱了歌。10点后演出结束，回北京饭店。

中国工人出版社副社长李阳到房间见面，聊了40分钟才离去。他欲做一套农民工系列丛书。

2011年11月26日　星期六　晴

大会已经结束，各省代表在一拨拨地返程了。湖北代表团除了几个人先走了外，大部分都是坐今晚37次回武汉的火车。上午9点后，刘醒龙、王新民和我一起外出逛街，到王府井百货商店，一层楼一层楼地跑，他们俩给孙子买了小羽绒服。很快回饭店。11点，《民族文学》主编叶梅派辆中巴车来，接了黄运全、梁必文、刘富道、刘醒龙、陈应松、刘继明、田禾、何存中、王新民、华姿、吴小斌和我，到后海一家碗菜馆吃饭，《边疆文学》的潘灵和全国少数民族作家协会的几个人也参加，叶梅带了《民族文学》的几个同志接待大家。席间很热闹，气氛很好。饭后叶梅带我们参观《民族文学》的办公小院子，在会议室喝茶吃水果，给大家送了杂志、U盘、镇纸等小礼物。3点后，车送大家回北京饭店。

回房间，收拾行李，有些书籍与资料简报类，用处不大，全扔在房间了。5点半下楼吃饭，7点钟会务组派中巴车把我们送到北京西站，上37次列车，返回武汉。在车上又见到我省出席九次文代会的代表。

2011 年 11 月 27 日　星期天　晴

早 6 点 50 分，37 次列车到达武昌火车站。高晓晖、黄建华、钱道波领着司机在站台接着。大家自是一番寒暄问候，然后到东湖宾馆餐厅吃自助早餐。早餐之后车送各位代表回家。

湖北作代会代表团顺利开完大会平安归来。

附 录

刘醒龙

老哥刘益善

刘醒龙

将一个打从内心尊敬的人称为老哥并不是我的创意。

第一次从别人那里听到这种称呼后，我就毫不犹豫地觉得这样非常好，不仅符合自己的身份，对被尊称者也再合适不过。随后我就这样叫了。老哥听到我换了这种叫法，过了好久才问我："我真的老了吗？"不知道早先那些如此称老哥的人是不是也接受过如此疑问，至今我还清楚记得那一瞬间里老哥神情的变化，不像是伤感，也不像是忧郁，倒有几分责备，毕竟此前我和许多人一样，一直将他称作老师。前几天，在《上海文学》上读到杨斌华所写回忆周介人先生的文章，提到吴亮等人曾经当面问周先生，是否可以像陈村那样不叫他周老师而叫老周。周先生笑着说可以，转过身后，眼睛里却闪现出两朵泪光。天下许多事情不仅相通，而且相同。经年累月，当编辑的为人做了许多嫁衣，眼见着丑小鸭变白天鹅，小秧子长成参天大树，先前的老感情虽然还在，却不见那些人像往日那样时常来叙。老哥没有流泪，说过了，笑过了，我们怎么叫他就怎么应，到后来竟然自报家门地不时冒出一句，我是你老哥之类的话语来。倒是我们这帮在其眼皮底下成长起来的作者，反而要用不少时间来为他叹息，说这人也太随和了。

老哥叫刘益善，30 年前从华中师范大学毕业后，就在《长江文艺》当编辑，此后便在那几间平凡而充实的斗室里一天接一天地忙碌着。我们正式认识的那一年，老哥已是副主编了。现在，他在主编任上也干了多年。在正式认识老哥之前，我们之间曾经有过一次不期而遇。那一天，我们在一起聊天，老哥说起自己有写日记的习惯，30 年来整整写了 30 本日记，记录着许多被岁月模糊了的文坛中事，以致许多人时常向他求证已成历史的一些事情。我当即笑他，自己最早出现在他的日记里，一定某某等二人中的那个等。这件事情老哥的确不记得了，那时候他受委派去鄂东英山县为诗人熊召政的一件纷杂之事做些善后工作，而我只是一个刚刚开始写小说即使在县城里也还没有丁点名气的业余作者。别人告诉我说谁谁来了，完全是出于好奇，想见见那些胸怀伯乐之才的编辑是何面目，我就跟着别人去县委招待所的一间客房里与这个后来被我称作老哥的著名编辑与著名诗人见了一面。老哥正在收拾行李，收拾完行李又匆忙奔向汽车站，在等车的那一刻里，我们站在街边买了些油条稀饭，老哥坚决要付所有的钱。老哥果然不记得那一刻里非常感动的我，他边笑边说，我该给他当年买油条的款项付利息了。听他这一说，我又觉得惭愧，这么多年，自己不知请过多少饭局，唯独没有请过老哥，不是没有机会，而是一有这样的机会买单的还是老哥。买完单后，他还要关心我们，当纯文学作家稿费得来不容易。1996 年我的四卷本个人文集出版后，曾经挑朋友熟人送了一些，不知为什么竟然忘了老哥。后来的某天，老哥似是无意地对我说，他的书柜里有方方等人的文集，就是没有我的。一句话说得我脸皮都快红破了，忙不迭地表示要将自己存档的仅有一套书送给他。老哥笑一笑，大度地表示这倒用不着。

逢到不认识老哥的陌生人，不管是我们还是他自己总要将他的名字介绍为多多益善。其实善良的老哥也会做出反善良的事情。1992 年夏天，老哥约我为《长江文艺》写部中篇，因为事情多，耽误了，到 9 月时老哥一连写了几封信，限我在 9 月 10 日以前务必将稿件寄给他。从收到信算起，老哥只给了我一个星期的时间，那几天我又感冒发烧到 39 度几，硬撑着将那篇名为《秋风醉了》的中篇小说写完寄给他。没过几天他就打电话来，非要我删去其中的一些文字。偏偏我又惜字如金，最不爱删改自己的作品，何况是在高烧中写就的文字！在电话里我据理力争，老哥却不让步，振振有词地数出一二三四几条理由，让人由不得咬牙切齿地骂他是那个在《半夜鸡叫》中百般盘剥长工的周扒皮！对待文学，老哥有一种一以贯之的洁癖。那几年在老哥的操持下，《长江文艺》每年都要举办不下两次笔会。老哥办笔会向来是动真格的，别说游山玩水，就是早上起床晚了，他也会像生产队长一样敲门叫醒，到了吃晚饭时，他又会笑眯眯地逐个询问，了解谁谁当天写了多少字，弄得我们有时候不得不虚报假报，仿佛不如此就不好意思拿起筷子。在没有时兴电脑时，老哥对那些字迹潦草的手稿简直是深恶痛绝。因为弄到几本稿纸很不容易，我一向下笔极其谨慎，哪怕是初稿也极少有涂改，为此老哥经常将我作为榜样。邓一光就不行了，他的字写得像天女散花，每到定稿后，不得不请别人帮忙抄写，才能最后送到老哥面前。作为编辑的老哥，作风严谨，细致入微，任何时候任何人都休想从他所写的手稿中找到一只墨团。这样的细节同样贯穿在老哥对文学的欣赏与编辑中。

我这人是最不善变化自己的，随着年龄的增长，在许多场合上也会跟着大家将某些年长者称为老王老张和老李，可是一旦到了自己单独与其相处时，又会依然如故地继续着文坛上最常见的尊称。只有老哥是例外，自从叫上了，就没有再改口，一直将他叫到真的有些老了。那一天，与老哥在一起，先是发现我的头发也白了些许，继而便是老哥的自嘲。因为白头白得太多，老哥开始定期上美发店焗油，又因为头发掉得早且多，焗油时人家只按半价收费。三十年河东，三十年河西，沧桑中的老哥性情却没有变。今年春节刚过，一位崭露头角的青年作家告诉我，《长江文艺》将要发表他的一篇小说，同时还要附上评论文章。姑且不论年轻，单是他所代表的新一代作家的艺术理念能在有着五十多年传统的文学期刊上出现，就是一件值得庆幸的事，当然我更是特别地为一点也不老的老哥高兴。后来，老哥如实告诉我，尽管自己并不欣赏这类作品，他还是愿意用一种宽容之心来接受这样的写作。老哥的心的确够宽厚。

（原载《光明日报》《浙江日报》）

老哥益善

邓一光

老哥不老，和我同一个年代出生，他在年代头，我在年代中，相隔了几根指头能数清的年龄。这样的老哥，也就多吃了几年盐，照说不该叫老哥，至少不该冠以“老”这样的副词，却偏偏被人叫了，而且满世界地叫，叫得满世界都知道，有盐吃得不比他少的人，不明就里，一时被热闹裹挟着，也这么随波逐流地乱叫，叫得规矩没有了，有意思。

“老哥”这个称谓最早是被我叫出来的。那是二十世纪八十年代的事。那个时候，老哥身边团结着一大批青年作者，青年作者们与他心志相孚，因他出道得早，受了他的多多点拨，他又是那种极有长者风范的前行者，待人没有架子，不论有名没名，一律下榻相延，倾盖而语，大家都喜欢他宽容大度的为人，不愿意叫他某编某编。有一次，我随口叫了他老哥，他不高兴，说自己三十来岁，大鹏正展翅，叫老哥岂不是叫老了。我一向不懂规矩，有错不知改，认定了叫老哥，一直叫到现在。

老哥的真名叫刘益善，《长江文艺》杂志社社长、主编，他在《长江文艺》当了三十年编辑，不说桃李满门，不说培养了多少新时期的江淹扬雄班马元白的话，只拿这三十载春秋来比，一个新鲜的婴儿，也老道到了而立之年，稳稳当当地站在那里，该做老哥了。

八十年代初，我从重庆到武汉，在一家工厂当钳工，因为对这座城市和城市中人的陌生和隔膜，开始写作。1987 年，我在《长江文艺》发表了短篇小说《伊甸岛》，那是我在湖北地区文学刊物上发表的第一篇作品，责任编辑是吴大洪，刘益善是副主编，审过我的稿。那以后，我又在《长江文艺》上发表了《鸟儿有窠》、《掌声继续》、《独自上路》、《左牵黄右擎苍》等中短篇小说，这些稿子，责任编辑基本上都是刘益善。我读书没有体系，写作没有章法，兴致所然，写了二十多年，始终处在学着写的状态里，人老大一把年纪了，文章却似婴儿，长不大。我在《长江文艺》上发的稿子，《长江文艺》的编辑们没有少费心血，刘益善没有少费心血。可以这么说，我在文学创作上的起步，得到了《长江文艺》诸多老师的扶持，得到了刘益善的扶持，是他和他们，耐心地帮助和等待我长大，期间没有任何抱怨。想一想，不光我，如今湖北省的中青年作家，没有得到《长江文艺》扶持，没有得到刘益善扶持的，大约数不过几个去。

如今老哥从编已三十年了，他自称“编辑刘益善”，但我还是愿意叫他“老哥益善”。

老哥益善，那毕竟是个让人信任的单纯年代呀，那个年代说给如今的年轻作者们听，已经是隔山隔水的童话年代了。

（原载《湖北日报》）

文坛老哥刘益善

马 竹

这是一个非常具有纪念意义的金秋，因为2003年10月15日是著名诗人、作家、资深文学编辑、湖北作家协会副主席、湖北作协《长江文艺》社长主编刘益善老师从事文学编辑工作整整三十年的纪念日子。此前我们这些多年来得到了刘老师无私关爱的朋友，一再鼓动刘老师，希望他允许我们专门为他的文学编辑生涯举办一个庆祝活动，他微笑着婉言谢绝，体现的依然是他温和、宽厚、善良与充满智性的风格。

在文学界，作家都称他老哥。他在文学艺术创作上的成就是赢得我们尊敬的原因之一，更重要的是因为他长期坚持不懈的笔耕为他更广泛地接受一代又一代的诗人作家增添了心灵意义上的资源。通常来说，一个文学编辑如果在创作上一直保持着旺盛的活力，是尤其需要有精神动力、创作灵感和包容情怀的。刘益善老师创作的诗歌、散文、小说和文艺评论等，先后获得过多项全国大奖，但我们从不觉得他有过半点的夸耀，反倒一直都感觉到他在孜孜以求，在始终怀抱着一颗从头开始的好奇心，把文学当作他毕生追求永远探索的方向。这样的精神是足以给我们这些文学后辈鼓舞力量的。正因为他从来就在文学的道路上永不停歇地行走着，因此，他特别能理解以至洞悉一代又一代作家内心的需要和表述的手段。以一个成熟作家十分鲜明的个性而言，他应该是对一切文学表现有他自己独到的见解包括好恶的，但作为一个多年来一直从事着文学编辑工作的老师，他却一直做到了对诗人作家评论家的充分理解和支持关爱。如果说文学同样需要援手的话，刘益善老师就是湖北文学的援手。我们有时候直接称呼他是老大，仔细想来，他确实当之无愧。

就我个人而言，我之所以能在文学这条现在看来布满了荆棘的山路上艰难地攀援，动力之一就是来自像刘益善这样始终给予我信心的老师和朋友。我的第一首诗歌、第一篇散文、第一部小说，全都是在《长江文艺》发表的。我们的大学时代对诗歌有着不加收敛的狂热，许多诗歌活动，几乎每次都能荣幸地请到刘老师给我们的创作朗诵比赛做评委，并总能听到他充满激情的诗朗诵。近二十年来我几乎参加了长江文艺杂志社举办的所有笔会，这份与新中国同时诞生的纯文学月刊一直都在致力于对文学新人的培养，对有所成就的作家以永远的关注，因此我们有许多机会相处。相处时，刘老师必定要问我们最近的创作情况，必定要给我们许多的宽慰和鼓舞。2000 年我有一部中篇小说《荷花赋》在《长江文艺》发表后，立即被《小说选刊》转载，并被收入漓江出版社《2000 年中国最佳中篇小说》一书。但在此前，这个中篇曾被多家刊物退稿。刘老师看了我的小说后当即鼓励我：很好嘛，我们马上发表，你这样写下去很好啊。那种充满关心和爱护的神情，我想我已经刻骨铭心。

同时我也可以断定，在湖北文坛，在中国文坛，刘益善的大名早已融合了他心灵所有美好的内核，让大家尊敬他并从他身上学到许多。刘益善是我们的老师，但我们更愿意喊他老哥。想想我们也算是某种自私吧，总想让老哥更多地为我们操心、给我们鼓舞、给我们援手——其实我想啊，这也未必不是我们文学界的欣慰和福气！

（原载《长江日报》）

说说刘益善

陈应松

刘益善在湖北大多被人称为刘老师，可是后来大约是邓一光将他叫上了老哥，于是群起效之。但一般人是不能叫的，就那么几个。老哥是北方人的称呼，有一种邀人盘腿上炕，手举酒壶的味儿，又亲切又温暖。而再往上溯，我们还叫过他几天“拐子”，这是武汉话，虽是大哥的意思，但怎么听都不真诚，有一股子隔靴搔痒的味道，这也是武汉话的特点。

老哥当了三十年编辑，自称是个“编辑人”，回首往事，可能感慨良多，于是准备邀三五好友一聚。可是武汉三镇散漫得如同一个国家，不是这个不在，就是那个有事，比如一光近来就很忙（为他的电视剧），我也时常往乡下特别是神农架跑。再加上老哥现在身份不同了，等我们有空，又有人拉他去吃饭、开会、剪彩什么的，得，这事就往后推一推吧。

其实益善老哥是一个优秀的诗人，说优秀一点都不夸张。1981 年益善老哥在《长江文艺》已是一个老编辑了，负责诗歌这一块。这年二月，老哥给我发表了三首《在江南》小诗。而在同期刊物上，老哥以“易山”的笔名发表了一组《我忆念的山村》，顿时引起轰动，《诗刊》旋即转载，后来还得了诗歌奖。据说《诗刊》转载地方刊物的诗歌，这还是头一遭，可见当时给京城诗坛的冲击了。

这一组诗过去我大约是能背诵的，比如“夕阳中晃来一个身影/山岩般的脸庞/刻满岩缝般的皱纹”、比如“她要早上起来/煮好早饭/洗完一家人的衣/然后含着饭出工/收工后，不顾疲惫/顺便扯一篮猪草/捡捆烧饭的树枝”。过去只知道这些诗好，却不知好在何处，但益善老哥会用细节来渲染那种深情、沉重的气氛，还是让我很早发觉并活学活用了。比如含着饭出去干活之类，就被我用进了一个小说。如今，重读《大妮子》，依然让人揪一次心。这个乡下女子的死可真是让人震悚。二十多年前的艺术魅力在诗中持久散发着。我如今才算明白了这根本的道理，就是温总理告诫政府官员们的：耳边常闻饥冻声。二十多年前我作为一个小业余作者，其诗还陶醉在伪浪漫主义和莫名其妙的朦胧意境中时，益善老哥已经常写饥冻声了。这几年，我才自觉地去神农架闻闻饥冻声并坚信了文学不写民间疾苦那是算不得文学的，纵怎么刁钻，也毫无益处。而我不过是“重走老哥路”而已。殊不知，老哥益善写的那个“忆念的山村”在鄂西北房县，而我如今的生活点神农架，原本就是房县的一部分。那些每天一碗洋芋，冬天一件空棉袄的山村老乡们是否二十年后已无饥冻声了呢？照我看来，二十年来似乎并没有太大的改观，甚至还有倒退，如娃子们上学成了问题，看病成了问题——二十年前，再怎么穷，这两样是不成问题的。

益善老哥因为忙，虽然在诗中写了要去看那个老房东的强烈意愿，但大约很难成行。不过，我因经常去，给老哥带点房县特有的银须绞股蓝，泡进杯里，碧绿碧绿，老哥也能一次次闻到那山村的气息吧，且这东西是为老哥降脂的。老哥因为有发胖的趋势，大约迎来送往也较多，愿意不愿意的举杯，血脂就有点偏高了。喝着那山村植物的绿色，我会觉得老哥不是什么主编加社长，还是那个山村里心事重重行走的年轻诗人。可是一晃，老哥已过了五十，我们也临近五十。

第一次见益善老哥是在 1983 年，有幸来省里开青年创作会，便与同县诗友黄学农（雪垅）提了一蛇皮袋子花生和鱼之类，走了很远的一段荒凉路，去了当时老哥所住的华师二附中。当时的印象还记得老哥的窗外是一个很旷静的大操场，这印象让我不能忘怀。那时的老哥头发还很青乌，三十来岁，风华正茂。仰望写过《我忆念的山村》的老哥犹如仰望一座高峰，高大，巍峨，慈祥，和蔼，一点也没有大诗人的架子，全家挤在一间不大的房子里，看不出一个誉满全国的诗人与一个龟缩在小城的业余作者有什么太大的区别，于是心里就释然了，以后打起交道来，就没什么障碍了，交往也就多起来了。

我后来武大毕业后也在武汉另一家文学杂志《芳草》当编辑，租住在离省作协不远的一片混乱民居中，那儿有几个馆子，《长江文艺》来了客人，一般就去那儿。益善老哥总是差人叫上我作陪，因此也认识了不少外地朋友，如李敬泽、刁斗等就是那时熟悉的。另外还有一些常来常往的客人如诗人陈松叶等。吃了，凑上一桌，在同是租住此地的乡村诗人田禾那儿摸上几圈，微醺于小麻将之中，输赢不大，却心旷神怡，几不知文学为何物了。过了几年，老哥成了《长江文艺》一肩挑的老总，我也进了作协大院，成了他的同事，在一起的机会更多。感觉益善老哥家务活做得很好——比如烧得一手好菜，常去菜场转转，手上总是沉甸甸的，春节时我们吃过他整出的一桌酒席；人缘好，平时总有一帮大大小小的兄弟聚集在他身边，老哥长老师短的，一点都不以湖北诗坛大佬自居，但也有一呼百应的场子了；办刊下力，兢兢业业；从不掺和是非，想得很开；为人豪爽仗义，又很守本分，不是那种常怀野心跟自己和别人过不去的人。后一点是最为人称道的。他不仅不以大佬自居，还不以诗人自居。是不是诗人不是自己说的，写了好诗，大家就认你是诗人，没写好诗，纵然写了很多，也没人认为你是诗人。正所谓人人心中一杆秤是也。

老哥接手《长江文艺》也是运气不佳，文学不中用了，放眼看花花绿绿的书摊，有几本是纯文学，特别是地方办的纯文学？读者没了，作者的队伍流失了，还拨款少了，拨后又不能到位了。这些琐事让益善老哥自是头疼，终日里屁颠屁颠就是筹钱，筹了钱又没有好稿，找名家吧，名家又不一定瞧得上，瞧得上不一定给好稿，给了好稿又嫌润笔太薄，完全找业余作者，又不能撑起一个刊物来。何况这刊物又有点特别，被誉为“新中国第一刊”，历史辉煌得让人头皮发紧，这又是一大精神包袱。有时去老哥办公室，看他总是埋头读稿，不免有悲壮之感。不过，我看有些省刊，唯上不唯下，专对尖端文学和名家开放，而把本省业余作者们全抛弃了，这是不对的。一个省刊，本是本省作者们练笔的场所，练出名了，以后总还记得这刊，《长江文艺》数十年就是这样，我们都是由此刊练笔良久后才被外面所渐渐熟悉的。既然发外地作家的尖端文学也增加不了多少印数，不如把目光朝下，以发现本地新人为己任。我认为，这才是地方文学杂志的正路。老哥益善的刊物现在就是如此，发现新人，推举新人，为荆楚大地训练后备文学人才，此刊还是很为本省的作者们追捧的。说到湖北文学这些年的成就，《长江文艺》和益善老哥功不可没，做了许多基础性的工作，恐怕这是要承认的。

一晃，益善老哥在《长江文艺》就待了三十年，此生有多少个三十年呢？活得好，可以活出两个半三十年来，而一生的精华也不过一个三十年，所以老哥这一辈子就卖给了《长江文艺》，难怪他对三十年这个数是看得很重的。常言说铁打的营盘流水的兵，一个刊物人进人出是常事，许多都挪过了窝，而老哥却总是一年四季一万一千余天面对着鲁迅先生手书的那四个字，按我的性子，是一定坐不住的。除了编刊物，还得写点东西，诗好像是写得很少了，但散文没少写，书也没少写，有一本写某大案的书还成了畅销书。写大案用的也是文学笔法，写那些农村青年如何一点点成为抢劫要犯，主要写他们的环境，他们的生活，点点滴滴的许多细节，我读后觉得像一部农村现实题材的小说，启发颇多。老哥还写儿童文学，写汉口旧案。前不久在《十月》上意外看到了他的中篇，看来老哥益善编刊、创作两不误，而且状态不错。所以，他虽以老编辑自居，实则还是一个作家和诗人，只是为人保持低调，不想张扬罢了。

老哥现在又喜欢上了京剧，梅尚程荀的唱段，时常听听，说，京剧最美。为此我要在剧协工作的老婆，别忘了有名家出场时，给老哥弄两张戏票，让他过过戏瘾。不知怎地，我近来也莫名地爱上了京剧。爱京剧要心境宽静，这是好事，也是要紧的事，毕竟人到中年了嘛。我认为人到中年，该做什么就加紧做，不该做的就不要做了。老哥益善做的还是他的刊物，他的口号是：长江不断流，文学旗不倒。还加上十多个人，工资、福利、医药费，吃喝拉撒，都得操心。做刊物确实不易，所以，我向老哥致敬。

“长江”上行船，风大浪险，老哥多保重。

（原载《芳草》《文学自由谈》）

剪风裁雨三十年

徐　鲁

1973 年 10 月，刘益善从华中师范大学中文系毕业，被分配到当时赫赫有名的文艺月刊《长江文艺》当编辑。那时候他才 22 岁，风华正茂，豪情满怀。一头茂密的、自然卷曲的漂亮黑发，显示着青春无敌的亮丽色泽。不知不觉，他在《长江文艺》一待就是三十年！在红蓝墨水之间，铁笔银钩，剪风裁雨，甘为他人做嫁衣，乐为他人当人梯，他把生命中最好的时光全部献给了一份刊物和几个年代里的作者们。如今再看他，当年那头茂密的漂亮卷发，已经秃掉了大半，原本光洁明亮的前额上，已经显出了红蓝水笔犁出的沟壑。对此，刘益善老师乐观地写下了这样一行文字："把编辑当到退休，把读书与写作进行到底，我决计忘归。"我想起他在几年前写下的几行诗，似乎也可以作为他这三十年风雨编辑历程的一个注解："我无舟楫穿越秋水/永不能到达彼岸/辜负了你的绿色/那花开得好寂寞"。

这当然是他的自省和自谦。其实他在编辑园地里辛勤耕耘的这三十年，种瓜得瓜，种豆得豆，春华秋实，成果相当丰硕。如果要开列这三十年里经他长年悉心的扶持而在文坛上成名的青年作家的名字，或经他之手催生和问世的、在文坛上产生过影响的作品的标题，那会是一份十分可观的名单。也确实有不少朋友邀请他写一点这方面的文章，要他谈谈自己是怎样发掘并帮助一些基层作者走向文坛的，甚至有的作者自己表示要写这类文章，但都被他诚恳地阻止了。他对我说过：《长江文艺》是一份有着良好的编辑传统的老牌文学杂志，半个多世纪以来为她服务过的老编辑、名编辑很多，他的三十年编龄算不得什么。他从内心感谢大家的好意，但他在诗中说过这样的话："那一切都不需要/遮住的东西也能看清/还是坦坦然然的好/走你的路平平安安/我保留着最后一个祝愿/不需要那一切/昨天是一页翻过的书/我不再复习了……"我知道，他是一位宽厚和忠朴的老大哥，对于他为大家做出的牺牲和贡献，他总是低调看待，从来不愿让人张扬，更不会自我张扬。

除了编辑的身份，刘益善还是新时期以来的一位相当有影响的乡土诗人和小说作家。他在20世纪八九十年代里创作的组诗《我忆念的山村》、《没有万元户的村庄》等，都曾风靡一时，被誉为刻画中国当代农民性格和命运的力作和杰作。但是我注意到了，随着他在编辑工作方面的更多投入，尤其他自从出任《长江文艺》的社长和主编之后，他所能留给个人创作上的时间和精力，已经越来越少。我们当然都为他惋惜。但他自己却乐于以一个编辑人自居。这情景就像弗罗斯特的诗所写的，“金色的树林里分出两条路，可惜我不能同时去涉足。……当我选了人迹更少的那一条，从此决定了我一生的道路”。

我也注意到了，在他最近出版的一部散文集《红帽子黄帽子》里，他在近十来年里所写的最多的文字，是为一些生活在基层的业余作者的作品所写的评论、序言和推介文章。对此他写道：“我不是好为人序，我只是一个编辑，为这些青年朋友出书写些鼓励和批评的话，正合我编辑身份。”读他这些合乎“编辑身份”的文字，我真实地感到了一种温暖、朴素和无私的人道情怀，一种从鲁迅、叶圣陶、巴金、胡风、孙犁……那里薪火相传，一路承继下来的充满文化关怀意味的编辑美德，在字里行间荡漾和闪光。

我从 20 世纪 80 年代初开始文学写作时就认识了刘老师。二十年来经他的手发表过我许多诗歌和散文。我能感到他对我的文字的要求是严格和认真的，决不会因为熟识而有所迁就。当然，一旦他发现我较长时间没有为《长江文艺》写点什么了，他就会亲自打电话向我约稿，有时候从外面的报刊上看到了我的什么东西，也会专门写信或打电话表达他的看法，给我以鼓励，既使我的虚荣心得到了满足，同时也增强了我的自信。在生活上他也常常像老大哥一样给我以关照和帮助。我还记得我独自一人初到武汉工作那几年，吃饭常常没有着落，碰到外地有作者来编辑部，他请客时总会把我叫上。有一年春节后，他从江夏老家背回许多年糕来送给我，使我感到了人间友情的温暖。

还是以刘益善老师自己的诗句，来为这种甘于奉献的编辑情怀做形象的注解吧：“我离不开脚下的土地/土地里有我伸展的须根/我会长出绿叶绽开红花/我会双臂垂挂果实殷殷/你如果是荷锄挥汗的少女/你会得到花的芬芳叶的遮荫/你会得到树下甜蜜的絮语/你会得到累累果实的香馨……”

（原载《中国新闻出版报》《星火》）

六书坊 Six Arts Library Series | 书目

六书坊第一辑目录

舌尖上的江南

淋湿的幽默

科学收藏趣味录

钻石秘史

百年时尚符号

走吧，去西藏

六书坊第二辑目录

南海 远方的家

看穿莫言

一个背包客的光影六城记

为一个念想去旅行

六书坊第三辑目录

舌尖上的东北

美国拾零

用诗歌冒犯时代的疯子
——诗人食指

看穿史铁生

往事碎屑

故乡失落的鸟

六书坊第四辑目录

西藏，一路光影

红月亮
——一个孔子学院院长的汉教传奇

他乡的中国
——密约下的中东铁路秘史

看穿王小波

舌尖上的潮汕

巴黎小姐的午夜

六书坊第五辑目录

男人 女人 残疾人

舌尖上的私房菜

是谁围着篝火在跳舞

好个大汉口

旧欢

六书坊第六辑目录

舌尖上的西北

戏边草

蓝厅的故事

故乡花事

流散中国的犹太人